자작시 35편에 대한 해설

格

이시환 지음

신세림출판사

格

옹달샘에 비친 내 얼굴

나는 지금까지 살면서 약 천여 편의 시詩를 썼다. 그 가운데 서른다섯 편을 스스로 선택하여 '해설解說'을 붙이는, 아니, 분석分析해 보는 엉뚱한 짓을 했다. 내가 왜 엉뚱하다고까지 생각되는 껄끄러운 작업을 감행했을까? 나 자신에게 물어본다.

같은 시 한 편을 읽어도 나는 다른 시인, 다른 문학평론가들과는 생각이 많이 달랐다. 그래서 시를 보는 나의 눈조차 의심하기 시작했다. '누구의 판단이 옳은가?'를 놓고 내 나름대로 고민하기 시작했던 게 아주 젊어서부터였다. 사실, 그 고민을 해소하기 위해서 평론활동을 하기 시작했지만 그렇다고 오늘날 문제가 속 시원히 해결된 것은 아니다. 오히려, 나의 시심詩心만 적잖이 훼손되었다.

한 편의 시를 대하는 안목眼目의 차이인지, 시에 관한 지식 부족인지 모르겠지만 그 차이는 지금도 여전하다. 다들 나름대로 명시名詩를 운운하고, 그 해설집을 펴내며, 자기주장을 굽히지 않는 상황이라 해도 크게 틀리지 않는다. 심지어는, 일간신문 지면에서 선택되고 소개되는 작품들에서조차도 다르다. 그럴 때마다 나의 시관詩觀에 문제가 있는 게 아닌가 싶기도 하고, 평생 시를 써온 나의 삶이 통째로 의심스러워지기도 했던 게 사실이다.

그러나 나의 '못난' 혹은 '부족한' 시들을 읽으며 어떠한 이유에서이든 '위로 받았다' 혹은 '감명 깊다'라는 등등의 격려를 아끼지 않았던 애독자들을 위해서라도, 그리고 평생 시를 써온 나의 최소한의 자존심이랄까 명예를 위해서라도 해명解明이 필요하다고 생각했다. 그래서 틈틈이 '자작시 해설'이라는 이름으로 글을 써왔다.

여기에 선택된 서른다섯 편의 시가, 나의 시 작품들을 대표하는 것은 아니다. 본문을 읽으면서 알게 되겠지만 애독자들 중에서 누군가가 이러쿵저러쿵 말해왔던 것이거나 어느 정도는 내 마음과 내 눈에 들었던 것이라고는 말할 수 있을 것 같다.

그리고 1950년대 말에 신흥출판사(서울)에서 펴낸 '자작시해설총서自作詩解說叢書' 시리즈로 박목월·조병화·장만영·유치환·박두진·한하운 등의 저서著書가 있는데, 이들은 각기 자신들의 여러 시집을 차례로 설명하는 과정에서 관련된 작품들을 예시하는 방식이다. 그러니까, 시집마다에 나타난 시인 개인의 관심, 주제, 그 속에 반영된 핵심 사유세계 등을 중심으로 시인 자신의 시관詩觀이 일방적으로 설명·홍보되는 면이 강하다. 결과적으로, 개인의 시론詩論이라기보다는 시관이 자작시들을 통해서 주관적으로 설명되는 책이라 보면 크게 틀리지 않을 것이다.

이에 반해, 나의 자작시해설은, 선택된 시들의 구조構造, 표현상의 기교技巧와 효과效果, 주제主題나 중심소재, 특징特徵 등에 대해서 제3자 시각에서 분석적으로 설명한 것이다. 그러니까, 나의 시세계를 일방적으로 설명·개진하는 것이 아니라 편 편의 시를 분석한 것이기에 편 편마다에 담긴 시세계를 설명하는 쪽으로 기울어져 있다. 따라서 독자들 입장에서는 다소 딱딱한 감이 없지는 않을 것이나 객관성이 담보되었다 할 것이다.

그러나 이 책은, 시작법 상의 기교나 방법에 대하여, 다시 말해, 내용을 담아내는 그릇의 모양새에 대하여 중점적으로 설명하는 부분이 상당한 비중을 차지하기 때문에 시를 창작하고자 하는 이들에게는 유용한 참고서가 되어 줄 것으로 믿는다. 그리고 한 편의 시는 내용만이, 다시 말해, 문학평론가들이 주로 언급하기를 좋아하는, 작품의 주제만이 그 가치나 품격을 결정짓는 것이 아니라 오히려 그것을 담아내는 그릇의 모양새와 빛깔과 무늬 등이 중요하고, 그 내용과 그 방법의 어울림이 시의 완성도 곧 품격品格을 결정짓는다는 사실을 일깨워 줄 것이다. 흔히, 문학평론가나 시인들은 시에서 내세운 시적 화자의 말이나 주장을 통해서 시의 가치나 의미 부여하기를 좋아하지만 사실, 그것은 유치한 수준의, 시에 대한 이해이고 평론이라고 나는 생각한다.

그럼에도 불구하고, 문학평론가들은 겉으로 드러난 작품의 주제를 따지고 시인의 가치관을 따져가며 크게는 당대 사회에, 작게는 독자들에게 미치는 영향 곧 시의 사회적 기능에 먼저 관심을 갖고 그것에 초점을 맞추어 글을 써댄다. 그래서 늘 사회참여적인 성향의 작품을 창작하는 시인들에게 더 큰 관심을 두게 되는 것이고, 시인들은 사회 개혁 운동가처럼 목소리만을 크게 지르는 양상을 띠는 것이다.

이러한 일반적인 추세를 전제한다면 나는 분명 시인으로서도 외톨이였고, 평론가나 독자들이 관심을 두지 않는 변방에 머무는 촌뜨기 평론가였다. 그런 내가 용기를 내어 자작시해설이랍시고 서른다섯 편에 나름대로 분석적인 해설을 붙이어 세상에 내놓는 바이다. 이에 편견 없이 일독해 주기를 기대해마지 않는다. 그리하여 격조 있는 시 한 줄의 의미가 얼마나 깊고, 그 울림이 큰지를 체감했으면 하는 마음 간절하다.

- 2018. 10. 12.

이 시 환

E-mail : dongbangsi@hanmail.net

차례

목련

'아니,
왜 이리 소란스러운가?'

커튼을 젖히고
창문을 여니

막 부화하는 새떼가
일제히 햇살 속으로 날아오르고

흔들리는 가지마다
그들의 빈 몸이 내걸려 눈이 부시네.

– 「목련」 전문全文

선과 시의 어우러짐
禪　　　詩

　　古矼고강 김준환 시인께서 이 소품을 읽고 내게 전화를 걸어왔다. 그 때 나는 막 퇴계로 5가 횡단보도를 걸어가고 있을 때였다. 그의 일방적인 말인 즉 '당신은 이제 시를 그만 쓰라'는 것이다. 그 순간, 나는 당황하여 다짜고짜 그리 말하는 그의 저의底意를 정중히 물었다. 그랬더니 '자신이 지금껏 수많은 시를 읽어왔고 써 왔지만 이처럼 완벽하고 높은 경지에 있는 작품을 보지 못했다'는 것이다. 하지만 나는 그런 해명조차 이해할 수 없었고 받아들일 수도 없었다. 갑자기 겸연쩍어진 내가 되레 껄껄 웃으면서 '필요 이상의 과찬過讚'이라고 응수하자 그가 덧붙이기를, '이 작품은 수학적으로 보나 철학적으로 보나 완벽하다'고 했다. 하지만 나는 여전히 그의 말에 동의할 수 없었고, 받아들일 수 없는 과찬의 진의眞意를 더 이상 캐묻지도 못했다.

11

보다시피, 이 작품은 전체 4개 연 8행으로 된 짧은 시이다.

'아니,/왜 이리 소란스러운가?'라는 문장(제1연)은 화자(話者: 작품 속에서 말하는 주체로서 시인에 의해서 창조되는 시인의 분신 같은 존재임)가 방안에서 혼자 중얼거리는 말이다. 화자는 이처럼 바깥이 시끄럽다고 여기지만 그 이유를 알지 못한다. 그래서 그것이 궁금하여 자연스럽게 창문 쪽으로 걸어가 커튼을 젖히고 창문을 열어본다(제2연). 그 결과, 막 부화孵化한 새떼가 일제히 햇살 속으로 날아올랐다(제3연)는 '주관적 판단으로서 진실'에 대한 확인이 이루어진다. 문제는, 이 주관적 진실이 모든 사람의 눈에 똑 같이 보이는 현상으로서 '객관적인 사실'이 아니라 화자의 눈에 비추어진 개인적인 현상으로서 주관적인 진실일 뿐이라는 점이다. 물론, 그것은 착시錯視일 수도 있지만, 그보다는 사유세계로서 마음의 눈에 비추어진 개인의 상상 속 정황으로서 이미지일 뿐이다. 어쨌든, 방안에서 화자가 들었을 때에 소란스러운 바깥의 정황과 그 이유를 나름대로 해명한 셈이다.

그런데 그 이유가 비현실적이어서 다소 당혹스럽게 느껴질 수도 있을 것 같다. 곧, 막 알에서 깨어난 새끼 새라면 아직 깃털이 나지 않아서 날 수도 없었을 텐데 화자의 눈에는 그런 것은 전혀 문제가 되지 않았다. 한 마디로 말해서, 부화하여 깃털이 나고 날 수 있을 때까지의 꽤 긴 시간이 화자의 사유세계 속에서는 다 단축되어버렸거나 무시되어 버린 것이다. 그러니까, 일종의 비약飛

躍이 일어난 것이다. 사실, 이런 비약은 장황한 설명을 줄이거나 불필요한 그것을 피하기 위한 표현상의 한 기교로서 수단이자 방편이라고 생각한다.

여하튼, 새떼가 일제히 날아올랐으니 그들이 앉아있던 나뭇가지가 흔들리는 것은 당연하고, 새떼는 이미 햇살 속으로 날아가 버렸는데 그들의 빈 몸만이 나뭇가지에 걸려 눈이 부시다(제4연)는 것이다. 여기서 눈부신 빈 몸의 원관념이야 시제가 암시하는 목련꽃임에는 두말할 나위가 없듯이 그 빈 몸이야 알껍데기이거나 날아가 버린 새의 그림자 같은 허상虛像임에는 틀림없다.

결과적으로, 이 작품은 달걀 같은 외형의 목련꽃 봉우리를 통해서 새의 알을 떠올렸고, 햇살을 받아 피어나는, 혹은 벌어지는 꽃 봉우리를 통해서 알껍데기를 깨고 나오는 새의 부화를 떠올렸으며, 날아가 버린 새와 남아있는 그들의 빈 몸이라는 인식認識을 통해서 눈에 보이는 실상 같은 허상과 눈에 보이지 않는 허상 같은 실상에 대해 생각해 볼 수 있는 여지를 마련해 주고 있다. 곧, 지상에 남아있을 수밖에 없는 것과 하늘로 자유롭게 올라갈 수 있는 것, 사라지지만 눈에 보이는 것과 영원히 존재하지만 눈에 보이지 않는 것, 변하는 것과 변하지 않는 것, 현상들과 그것들을 존재하게 하는 원리까지 연계시켜서 적극적으로 사유하게 하기 때문이다.

따뜻한 봄 햇살과 부드러운 봄바람 속에서 일제히 목련꽃이 피어나는 객관적인 상황으로서 자연현상을, 새떼가 부화하여 날아오르는 과정의 생명력 넘치는 소란스러운 주관적인 정황으로 빗대고 있는 감각적이면서도 철학적인 소품임에는 틀림없다. 그러나 햇살 속에서 눈부신 목련꽃을 보고 날아가 버린 새떼의 빈 몸이라고 인식한 점은 '실체 속의 허상'과 '허상 속의 실체'에 대한 존재론적 세계관의 표현으로 선적(禪的) 고요 가운데로 오감의 촉수를 드리우지 않고는 불가능한 선(禪)과 시(詩)의 어우러짐이라고 본다.

　-2013. 04. 22.

중요한 것은 아주 작지만 가장 깊은 곳에 있다.

-이시환의 아포리즘aphorism 1

하산기 · 2
下山記

어쩌다,
내 무릎 뼈를 쭉 펴면
밤새 흐르던 작은 냇물 소리 들린다.

더러,
동자승의 머리꼭지를 찍고
돌아가는 바람의 뒷모습도 보인다.

꼭두새벽마다 울리는
법당의 종소리도 차곡차곡 쌓이고

눈 깜짝할 사이에
지상의 꽃들이 피었다 진다.

– 「하산기下山記·2」 전문

지극히 아름다우면
그 자체로서 선한 법
善

1995년 한일전후세대100인시선집 『푸른 그리움』(日譯版: 『靑い 憧れ
い』)이란 앤솔러지를 일본의 마루치마모루丸地守 씨와 함께 양국에
서 동시 발행했던 '광복50주년 기념사업'과 관련하여 알게 된, 재
일교포 문학평론가요 번역가이신 姜晶中(강정중 1939 ~ 2001) 사백께
서 위 작품을 일역日譯해 주시고, 주일대사관 문화원에서 발행하
는 정기간행물 속 '韓國人의 詩心'을 읽는다[對譯의 現場에서·4]라는 고
정란에 「어느 누구의 것도 아닌 하늘과 바람과 …」라는 제목으로
이 시에 대한 이야기를 발표했었다. 그 무렵 강 사백께서는 제게
말하기를 '어쩌면 이 작품 「하산기」와 「하늘」이라는 작품이 당신
의 대표작이 될 것'이라며, 칭찬을 아끼지 않았던 기억이 떠오른
다. 당시 강 사백께서는 그 글에서 이 작품에 대하여 이렇게 기술
했었다.

작자는 산 깊은 절에서 새벽까지 좌선이라도 하고 있었던 것일까. 냇물이 자기 몸의 뼛속을 흐르고 있었다는, 영원에의 직감을 적은 시어에서, 이 시인의 뛰어난 시적 자질을 읽을 수 있었다. 그리고 당연시 되고 있듯이, '바람'이라는 것이 어떤 비유로 사용되었든지 간에 우리들에게는 바람의 뒷모습밖에는 보이지 않는다는 사실을 깨우치고, 그 뒷모습을 종소리와 공명하도록 배치시킨 점도 내 마음에 든다. 하얀 눈처럼 쌓여 있었던 것은 새벽마다 작자의 마음을 사로잡곤 하던 본당本堂 – 원작에는 법당法堂으로 되어 있으나 일역에서는 本堂으로 했다 – 의 종소리의 잔영이고, 바람의 발자취라고도 할 수 있는 지상의 덧없는 시간의 흐름이, 끝 연에서 환시적인 모습을 띠고 나타나고 있다.

흔히, 시인의 작품이 발표되면 그 순간부터 작품은 시인의 것이 아니라 독자들의 것이 된다고들 말한다. 시인의 창작의도와 관계없이 독자들 나름대로 느끼고 생각하면 그만이라는 점에서 가능한 말이다. 이런 맥락에서 나 역시 강 사백님의 촌평에 왈가왈부하고 싶은 생각은 추호도 없다. 저마다 다른 독자의 눈에 비추어진 세계는 독자의 것일 뿐이기 때문이다. 시인의 의도와 전혀 다르게 해석되는 경우가 왕왕 있는데 이는 시인의 표현력 미숙이거나 독자 눈眼目의 성능 곧 작품 해독 능력 문제와 관련되어 있을 것이다.

여하튼, 위 작품은, 전체 4개 연 10행의 비교적 짧은 시로 내용 전개상의 구조가 단순하기 이를 데 없다. 곧, "~하면 ~하다//~하면(생략됨) ~하다//~하면(생략됨) ~하고//~하면(생략됨) ~하다"
로, 하나의 조건에 따른 네 개의 결과들이 나열되고 있을 뿐이기
때문이다. 다만, 그 결과들이 시·청각적인 판단들이지만 단순 나
열·제시됨으로써 구축되어지는 제2의 사유세계가 다분히 심미
적審美的이고 철학적哲學的이라는 점에서 이색적이라면 이색적일
것이다.

그 사유세계는 ①밤새 흐르는 냇물 소리(제1연) ②바람과 동자승
(제2연) ③새벽에 울리는 법당의 종소리(제3연) ④피었다지는 지상
의 꽃들(제4연)이라는 4가지 객관적 요소들을 가지고 만들어 놓은
화자의 주관적인 세계로서 화자가 꿈꾸는 일종의 이상세계인 것
이다. 곧, 오랫동안 가부좌하여 앉아 있다가 ─이를 '명상' 혹은 '수
행'이라 해도 좋고, '좌선'이라 해도 상관없다─ 다리 풀기를 하면, 다
시 말해서 명상 혹은 수행을 쉬거나 마치어 하산하면 이따금 ①
밤새 흐르던 냇물 소리 들리고(제1연) ②동자승의 머리꼭지를 찍고
돌아가는 바람의 뒷모습도 보이고(제2연) ③새벽 종소리도 차곡차
곡 쌓이고(제3연) ④일순간 꽃들이 피었다 짐도 훤히 내려다보인다
(제4연)는 것이다. 이는 분명 명상 혹은 수행생활로 얻어진, 눈을 감
고 보는, 눈 아닌 눈인 심안心眼에 비추어진 시계視界로서 이데아
아니면 현상계임에 틀림없다.

화자의 그 이상세계를 떠받치고 있는 기둥과도 같은 몇 가지의

형식적 장치를 굳이 확인하자면 이러하다.

첫째, 두 개의 부사副詞 곧, '어쩌다'(제1연)와 '더러'(제2연)에 숨어 있는 각별한 의미이다. 그 숨은 의미가 쉬이 감지되는지는 모르겠지만 '어쩌다'는 '이따금' 혹은 '드물게'의 뜻으로 화자가 굽혔던 무릎을 펴는 일이 자주 있는 일이 아니라는, 바꿔 말해서 무릎을 굽히고 있는 시간이 길거나 많았다는 뜻이다. 그리고 '더러' 역시 '이따금' 혹은 '드물게'의 뜻으로, 동자승의 머리꼭지를 찍고 돌아가는 바람의 동작이 흔한 일이 아님을 암시·전제하고 있다. 동시에 '어쩌다'와 '더러'가 주는 리듬감과 내용이 긴장보다는 편안한 느낌을 안겨 줄 것이다.

둘째, '종소리가 차곡차곡 쌓인다'는 표현에서처럼 청각으로써 지각되는 내용을 시각적인 대상으로 바꾸어 놓는다든가, '눈 깜작 할 사이에 지상의 꽃들이 피었다 진다'에서처럼 물리적으로 길고 광활한 시·공간을 압축해서, 그야말로 축지縮地와 축시縮時법을 써서 보이지 않는 영역까지도 다 내려다보게 되는 것과 같은 시점視點과 시계視界를 가진다는 점이 화자의 수행생활을 짐작케 할 줄로 믿는다.

셋째, "더러,/동자승의 머리꼭지를 찍고/돌아가는 바람의 뒷모습도 보인다."에서, 보이지 않는 바람을 보는 화자의 눈도 그렇지만, 그 바람이 동자승에게 장난을 걸듯 그의 머리꼭지를 살짝 찍고서 시치미를 떼듯 돌아간다고 생각한 화자의 마음이나, 그런 바람의 뒷모습을 웃으면서 훔쳐보듯 내려다보는 화자의 심안이 그야말로 구김살 없는 동심童心처럼 천진무구天眞無垢하여 이 시를 읽는 이들로 하여금 미소 짓게 할 것이다.

모름지기, 시란 그 밑바닥에 아름다움이 잔잔하게 흘러야 한다. 아니, 독자들의 마음 가운데 아름다움을 끊임없이 자극해 줘야 한다. 한 편의 시에서 그 아름다움을 배제해 버린다면 그것이 아무리 깊은 의미를 내장하고 있을지라도 나는 그것을 '온전한' 시라 여기지 않는다. 솔직히 말해서, 지극히 아름다우면 그 자체로서 선善한 법이다. 그래서 아름다움 앞에서 화를 내는 사람은 없다. 마찬가지로, 시를 읽으면서 성을 낼 하등의 이유가 없고, 그러잖아도 복잡한 머릿속을 더욱 더 복잡하게 만들고 싶지도 않은 것이다.

-2013. 04. 29.

묵언·1

바람도
그곳으로부터 불어오고

강물도
그곳으로부터 흘러내려온다.

– 「묵언·1」 전문

짤막하고도 담백한
문장 하나의 깊이

이 작품은 전체 2개 연에 4행이지만 단 한 개의 문장으로 되어 있다. 시제詩題를 포함하여 모두 5행인 셈인데 이를 자연스럽게 읽고나면, ①묵언 ②바람 ③강물이라는 세 개의 시어詩語가 아주 중요하게 사용되었다는 점을 느낄 수 있으며, 혹시라도 그들에게 숨은 의미가 있지 않을까 하는 의구심이 절로 들게 된다. 그리고 '그곳'에서 '그'가 지시하는 대상으로서 '장소'가 어디인지가 사뭇 궁금해질 것이다. 이런 의구심들이 이 짧은 문장을 한 번 더 읽게 할 것이다.

'묵언默言'이라 함은, '아무런 말을 하지 않는 상태'라는 점에서 겉으로는 '침묵沈默'과 다를 바 없지만 속으로는 어떤 의미를 이미 내장하고 있어도 입을 열어서 드러내지 않을 뿐이다. 그러니까, 길으로는 표현되지 않지만 이미 성립된 의미를 지닌 상태의 침묵이 묵언인 셈이다. 바로 이 '말하지 않는 말'이 곧 묵언인데 그 묵언이 이 작품의 중요한 소재素材 곧 제재製材가 되었으며, 그 묵언에 대한 본질이라고 할까, 그것에 대한 심상心想의 정수精髓를 '바람'과 '강물'이라는 두 개의 소재를 끌어들여서 표현해 놓고 있다. 곧, "바람도 그곳으로부터 불어오고, 강물도 그곳으로부터 흘러내려온다."는 문장文章 하나로 된 시 전문全文에서 말이다. 이 전문은 ①'바람도 그곳으로부터 불어온다'와 ②'강물도 그곳으로부터 흘러내려온다'라는 두 개의 단문單文이 합쳐진 중문重文 이지만 사실상 매우 간단명료하다.

그러나 이 간단명료한 시 전문과 시제詩題 사이에서는 한 가지 질문이 제기될 수 있다. 그것은 '바람이 그곳으로부터 불어오고, 강물이 그곳으로부터 흘러내려온다'는 화자의 판단이 묵언의 본질을 밝히는 그것의 개념으로서 속뜻인지, 아니면 화자의 묵언 가운데 하나라는 것인지에 대한 의문이다. 이는, 바람이 불어오는 시발점과 강물이 흘러내려오는 발원지가 구체적으로 밝혀지지는 않았지만 '그곳'에서 '그'라는 지시대명사가 가리키는 곳이 곧 특정 지역의 어느 지점이거나 사건인지, 아니면 시제인 '묵언' 그 자체라는 것인지가 모호하여 이중적으로 생각해 볼 수 있다는 뜻이기도 하다. 바로 이 궁금증이 문장 하나로 짜여진 이 짧은 시를 한 번 더 읽게 하는 것이고, 그 의미를 더욱 깊게 할 수도 있다고 본다.

먼저, 궁금증에 대한 답부터 말하자면, '바람도 불어오고, 강물도 흘러내려오는' 곳인 바람의 시발점과 강물의 발원지가 시공時空을 차지하는 그 '어떤 곳'이 아니라 바로 '묵언'이라는 사실이다. 따라서 "바람도/그곳으로부터 불어오고//강물도/그곳으로부터 흘러내려온다"는 시 전문은 화자의 묵언 가운데 하나가 아니라 묵언의 본질을 간접적으로 드러내 주고 있는 비유적인 표현인 것이다.

다만, '그곳'이 가리키는 곳이 어떤 지리적 공간이어야 하는데 그 자리에 '묵언'이라는 형태가 없는 추상명사가 놓였다는 점에서 생소하게 느낄 수 있다. 아무렴, 시인에게 바람과 강물의 발원지 따위가 뭐 그리 궁금하겠는가? 하긴, 바람이 어디로부터 와서 어디로 가는지를 사람들이 모른다는 점에 착안하여 예수는 '성령으로 난 사람'을 그런 바람에 빗대어 말한 바 있고(요한복음 3:8), 부처는 어떠한 그물에도 걸리지 않는 바람의 속성에 착안하여 도道를 구하는 수행자의 마음가짐을 그런 바람에 빗대어 말한 바 있긴 하다(經集:숫타니파타의 '무소의 뿔' 경 37번).

여하튼, "묵언으로부터 불어오는 '바람'은 무엇이고, 묵언으로부터 흘러내려오는 '강물'은 또 무엇이란 말인가?" 이 바람과 이 강물이 내포하고 있는 의미가 중요하다고 생각한다. 그렇다! 바람과 강물은 우리가 감각기관으로 인지할 수 있는 대상들 가운데

자연현상으로서 극히 일부일 뿐이다. 그 많고 많은 대상들 가운데에서 이 둘이 선택되었을 뿐이다.

그렇다면, 묵언은 온갖 현상을 낳고, 온갖 현상을 존재하게 하는 '근원'이자 '바탕'인 셈이다. 다시 말하면, 모든 현상의 씨앗이 그 묵언 속에 있으며, 그것들이 그 묵언으로부터 싹이 터 나온다는 뜻이다. 따라서 바람과 강물은 그 모든 현상들을 대표하는 요소일 뿐으로 내 (생략된 시적 화자) 가까이에 있었을 뿐이다.

묵언! 뜻은 이미 성립·내장되어 있으나 스스로 입을 열어서 그것을 드러내 놓지 않는 침묵일진대 다만, 타자他者가 대신하여 그 묵언의 진의眞意를 읽어낼 뿐이다. 그러한 묵언으로 치면, 조물주의 묵언이 최고이며, 온갖 현상들을 낳는 원천源泉의 묵언이 최고이다. 바람이 불고 강물이 흐르는 현상도 다 이유가 있듯이, 꽃이 피고 지는 데에도 다 길道이 있다. 그 이유와 그 길은 현상을 낳는 원리原理가 되겠지만 그 원리를 풀어내놓는 '원천'이야말로 묵언 그 자체라 할 수 있다. 한 마디로 말해, 묵언은 모든 것을 존재하게 하며, 모든 말言을 가능하게 하고, 모든 현상들을 낳게 하며, 모든 것을 이어주는 끈으로서 원천이자 바탕인 것이다.

오늘날 예수교 경전인 '성경'을 믿는 많은 사람들은 그런 묵언의 자리에 인간을 포함하여 우주만물을 '말씀'으로써 창조했다는 하나님이 계시다고 주장하겠지만, 부처님을 믿는 사람들 시각에서 보면 그 묵언의 자리에 공空이 앉아 있을 따름이다. 여하튼, 나는 그 묵언의 정체성을 드러내고자 지금 내 옷깃을 파고드는 차가운 바람의 시발점과, 지금 내 발밑에서 굽이치는 강물의 발원지로써 연관시켜 빗대어 보았을 뿐이다.

물론, 이런 비유법을 쓰게 된 데에는 결정적인 경험적 사실이 있다. 그것은, 지난 2007년 6월 16일, 에베레스트 산 ― 티베트인들은 이 산을 '세상의 어머니'란 뜻의 '초모랑마'라 부르지만 ― 베이스캠프로 가는 목전目前 계곡 강변에 서서 맞던 세찬 바람과 굽이치던 흙탕물이 마치 은박지를 구겨놓은 것 같은 저 눈부신 설봉雪峰들로부터 불어오고 흘러내린다는 사실을 지각하면서부터였다. 그 설봉이 머무는 자리에 '신神' 혹은 '진리眞理'라는 단어들을 갖다 놓아도, 아니 이들을 포괄하는 '묵언'이라는 단어를 올려놓아도 무리 없이 피가 통하고 뜻이 통하리라는 생각이 들었기 때문이다.

분명한 사족이지만 오늘날까지도, 인디아·네팔·티베트 사람들은 카일라시 산山 ― 지구촌의 많은 사람들은, 티베트인들이 '캉 린포체'라 부르는 카일라시 산이 어디에 붙어있는지조차 모르지만 ― 을 두고 자신들이 믿는 신(힌두교의 시바신, 불교의 부처님, 본교의 '게코'라는 山神 등)이 사는 성지聖地 중에 성지로 여기며, 오체투지로써 경배하고 있지만 눈 덮인 설봉은 여전히 말이 없다. 그런가하면, 지구촌의 많은 사람들이 믿고 있는 '성경' 속 하나님은 '묵언'이 아닌 '말씀'으로써 우주만물을 창조했다고 하지만 이런저런 신들의 말씀의 원형격인 '묵언'을 상상해 볼 수 있듯이, 신비한 카일라시 산봉우리와 장엄한 에베레스트 설봉을 멀리서 혹은 가까이에서 바라보며 그들의 믿음과 그들의 신을 자연스럽게 떠올릴 수 있었다.

그도 그럴 것이, 주변을 조금만 눈여겨보면 그 설봉들의 눈도 눈이지만 계곡마다 뒤덮은 빙하들이 녹아내리면서 일 년 내내 끊임없이 물을 흘려보냄으로써 더러 호수가 생기기도 하고, 넘치는 물길은 강이 되어 흘러가는 것이다. 저 아래에서는 사람들이 그 물길을 이리저리 돌려 농사를 짓고 가축을 먹이며 두루 살아가는 것이다. 따지고 보면, 온갖 생명의 불길이 바로 그 설봉에서 흘러내리는 물에서 비롯되는 것이기에 그들에게는 그 설봉들이야말로 범접할 수 없는 거룩한 묵언이요, 신이요, 진리인 것이다.

나는 한 때 그들의 자연환경과 생활문화를 엿보면서, 은박지를 구겨놓은 것 같은 눈부신 설봉의 자리에 이 묵언默言이라는 단어를 감히 올려놓으면서, 이 짧막하고도 담백한 문장 하나를 낳을 수 있었다.

-2013. 05. 02.

하늘에서는 아기별이 태어나고, 땅에서는 꽃이 진다.

-이시환의 아포리즘aphorism 2

돌

- 작은 돌멩이 속에 광활한 사막이 있다.
  그렇듯 광활한 사막은 하나의 작은 돌에 지나지 않는다.

아직도 내 가슴이
두근거리는 것은

수수만년
모래언덕의 불꽃을 빚는

바람의 피가
돌기 때문일까.

아직도 내 눈물이
마르지 않는 것은

수수억년
작은 돌멩이 하나의 눈빛을 빚는

바람의 피가
돌기 때문일까.

- 「돌」 전문

만물에 생명을 불어넣는 바람

'돌'이 시제로 붙은 까닭은 돌을 노래했다는 뜻이다. 그런데 시제 바로 밑에 붙어있는 두 개의 문장은 무엇인가? 시의 본문은 분명 아닐 터이고 부제副題란 말인가? 그렇다. 다만, 그것이 두 개의 문장으로 길게 붙어 있을 뿐이다. 물론, 독자들은 지금껏 이런 경우를 보지 못했을 것이다. 보지 못했다고 해서, 혹은 다른 사람들이 그렇게 쓰지 않는다고 해서 꼭 쓰지 말라는 법은 없다. 필요해서 쓰면 그만이고, 그것에 효과가 있으면 족하기 때문이다. 흔히들, 시제를 보완·보충 설명해 주는 단어나 어구 등을 부제로 붙이는데 "작은 돌멩이 속에 광활한 사막이 있다./그렇듯 광활한 사막은 하나의 작은 돌에 지나지 않는다"라는 문장을, 그것도 역설적인 의미를 담고 있는 두 개의 문장을 부제로 삼았다는 것 자체는 시인들에게조차도 다소 생소하고 낯설게 느껴질 것이다. 마치, 내가 인디아 기행시집 『눈물모순』의 서시序詩로서 129행의 장시

長詩를 발표했더니 "무슨 놈의 서시가 그렇게 기냐?"며, 길기 때문에 결코 서시序詩가 될 수 없다는, 바꿔 말해, 서시는 의당 짧아야 한다고 믿고 주장하는 사람들이 많듯이 말이다.

그러나 모든 형식이라는 것은 필요해서 만들어지는 것이며, 그 필요성과 그 효과가 인정되면 그만이다. 나는 개인적으로 어떤 고정관념이나 편견에 사로잡혀 사는 것을 몹시 싫어한다. 그래서인지 한 편의 시를 쓸 때에도 이미 각인된 지식에 매이거나 남의 눈치 보는 일을 좋아하지 않는다.

어쨌든, 시제인 '돌'은 작품의 중심소재이다. 돌은 돌이로되 보통 사람들이 생각하는 돌이 아니라고 여겨져서 특별히 단서를 붙여 설명했는데 그 단서와 설명이 곧 부제가 된 것이다. 그렇다면, 그 부제로 사용된 문장부터 해독되어야 하고, 그것이 전제되어야만이 시의 본문이 제대로 이해될 줄로 믿는다.

"작은 돌멩이 속에 광활한 사막이 있다. 그렇듯 광활한 사막은 하나의 작은 돌에 지나지 않는다"라는 이 두 문장은 분명 역설逆說이다. 논리를 거스르고 있기 때문에 모순矛盾이라는 뜻이다. 그러나 생각해 보라. 광활한 사막이 작은 돌멩이 속으로 들어갈 수는 없는 노릇이고, 작은 돌덩이 하나가 광활한 사막을 다 펼쳐 놓는 것은 아니지만, 그 사막의 모래들이 다 어디서 나왔겠는가? 그것은 사막의 산 바위들로부터 나왔음에 틀림없다. 사막의 모래가 다 돌덩이에서 나왔듯이 하나의 작은 돌멩이 속에는 먼 훗날 사막의 모래가 될 그것들로 가득 차 있는 셈이다. 이처럼 모래와 돌과의 관계를 시간을 확대해서 보면 결과적으로, 돌멩이 속에 사막이 들어있다는 말이 가능해진다. 그렇듯, 거꾸로 생각해보면 광활한 사막도 하나의 돌덩이로부터 비롯되었기에 그 끝은 다시 돌이 된다고도 볼 수 있다. 실제로, 지구의 두 지각판이 충돌하여 융기하지 못하고 다른 지각 밑으로 들어가는 지각판의 경우에는 그 땅위의 모든 것들은 녹아서 용암이 되고, 그 용암은 다시 지층 밖으로 나와 바위가 되고 다시 모래가 되는 것이다. 물론, 이런 현상은 아주 긴 시간에 걸쳐서 이루어지고 있는 것이지만 우리의 눈으로 확인하기가 쉽지 않을 뿐이다. 물론, 여기에는 태양계 시스템 안에서 지구 내외적 환경이라는 요소가 작용한다.

여하튼, 광활한 사막의 모래가 되는 '돌'에 대하여, 그리고 돌에서 나온 모래들로 가득한 '광활한 사막'이 하나의 돌덩이가 될 수 있다는 상관성을 생각하며, 사막 위에서 살아 숨 쉬며 심장이 뛰고 있는 '나'란 존재를 연계시켜 보았을 때에 생성되는 느낌이자 깨달음의 말이 곧 6개 연 12행으로 된 시의 전문인 것이다. 다시 말해, 돌과 모래와 뜨거운 태양열과 바람 등이 있는 사막 위에 '나'라는 존재를 올려놓고 이들에게 생명력을 부여하는 원천을 생각해 본 것이다. 이들 요소를 하나의 유기체적 생명체로 만들어 주는 것을 다름 아닌 '바람'으로 인식한 것이다.

이 같은 사실을 확인하기 위해서 시 본문을 자세히 들여다보자. 본문은 2개의 문장으로 되어있고, 그 문장들은 동일한 구조로 되어있으며, 그 내용이 아주 단순하다. 곧, ①'아직도 내 가슴이 두근거리는 것은 (~한) 바람의 피가 돌기 때문일까'와 ②'아직도 내 눈물이 마르지 않는 것은 (~한) 바람의 피가 돌기 때문일까'라고, 단정적으로 말하는 것을 피하면서 같은 내용을 두 번 반복함으로써 화자의 느낌과 판단에 대한 동의와 지지를 구함으로써 사실상 강조하고 있는 상황으로 만들어 놓았다. 결과적으로, 화자의 말인 즉 '나는 아직도 가슴이 두근거리고, 나는 아직도 눈물이 마르지 않았다'는 주장을 하고 있는 셈인데, 그 이유가 바로 '사막 가운데 모래언덕의 불꽃을 빚고, 사막의 모래가 되어가는 돌의 눈빛과 눈을 맞추고 있는, 피가 돌고 있는 바람의 생명력 때문이라'는 것이다.

그렇다면, 바람이란 무엇인가? ①수수만년 모래언덕의 불꽃을 빚는 바람이고, ②수수억년 작은 돌멩이 하나의 눈빛을 빚는 바람이다. 그것도 ③피가 돌고 있는 바람이다. 다시 말해, 길고 긴 시간 속에서 바람이 모래와 돌과 내가 서있는 사막에 생명을 불어넣어 온 바람인 것이다. 돌로부터 모래를 만들어내어 사막이 되게 하고, 사막의 모래 언덕에 불꽃을 일으키면서 다시 사막이 돌이 되게 하며, 동시에 지금 나의 심장을 뛰게 하고, 나의 눈물을 흐르게 하는 '바람'인 것이다. 한 마디로 말해서, 생명을 불어넣는 매개물이요, 그 원천인 것이다.

이미 서승석 문학평론가가 「존재의 초월을 위한 바람의 변주곡」이라는 평문에서 지적했듯이, 나는 '바람'이라는 시어를 즐겨 써온 것은 사실인데, 한결같이 만물에 생명을 불어넣는 매개물 혹은 생명 그 자체라는 의미로 써왔다. 물론, 바람만이 만물에 생명을 불어넣는 것은 아니지만 바람이 마치 생명력을 대표하는 것처럼 써온 것이다.

이 작품에서도 화자는, 태양이 작열하여 아지랑이가 피어오르고, 바람에 날리는 모래언덕의 사막을 바라보면서 지금 자신의 심장을 뛰게 하는 근원을 떠올리고 있다. 다시 말하면, 언덕을 이루고 있는 수많은 모래의 근원인 돌을 떠올리며, 혹은 돌 속의 광활한 사막을 보면서, 혹은 하나의 돌덩이가 되어가는 광활한 사막의 모래알들을 보면서 그 과정의 긴긴 시간과 대자연의 생명력을 체감하며 감격의 눈물을 흘리고 있는 것이다. 이러한 개인적인 체험을 되새기며 새삼 깨달았던 '살아있음의 기쁨과 그 의미'를 조용히 외쳐대고 있는 것이다. "'바람의 피'가 돌기 때문일까." 라고 두 번씩이나 반복해 가면서 말이다.

-2013. 05. 06.

하이에나

─굶주린 현대인과 누리꾼

누가 보아도 볼썽사나운 하이에나
더럽고 비겁하기까지 한 하이에나
그래도 살아야 하고
그래도 하루하루를 잘 살고 있는 하이에나.

아니, 비릿한 피냄새를 좇아
아니, 시체 썩는 냄새를 좇아
코를 킁킁거리며, 어슬렁거리는
아니, 맹수에 목이 물린
불쌍한 것들의 숨넘어가는 비명에
귀를 세우며 사방을 두리번거리는
아니, 날아드는 독수리 무리에 신경을 곤두세우며
갈기갈기 털가죽을 물어뜯고,
살점을 찢어발기고,
내장까지 물고 늘어지며 꽁무니 빼는 하이에나.

시방 갓 태어나는 임팔라 새끼를 노려보는 것은
사자나 치타나 표범이 아니다.
두엄자리에서 뒹굴다 나온 녀석처럼
지저분한 몰골에
끙끙거리는 소리까지 간사하기 짝이 없는
더럽고 치사하고 약삭빠른

아프리카 초원의 점박이 하이에나.

그 하이에나 같은 내가
인간의 욕망이 질척거리는
천박한 자본주의 사회 뒷골목을 배회한다.
아니, 세상이 다 곤하게 잠들어있어도
밤새도록 진흙탕을 휘젓고 다닌다.
삭막해서 광활한 세상인지
광활해서 삭막한 세상인지 알 수 없다만
세상의 남자들과
세상의 여자들은 그 삭막함 속을
어슬렁거리다가 지쳐
새벽녘에서야 곯아떨어지는 하이에나가 된다.

어디, 굴러들어오는 먹잇감은 없나
어디, 똥오줌 갈겨 놓을 데는 없나
어디, 발기되는 허기를 채워줄 곳은 없나
어디, 내 영역 안에 배신자나 잠입자는 없나
밤낮없이 코를 킁킁거리면서도
맹수의 눈치나 슬슬 살피듯
또 다른 세상 사이버 공간에서
인터넷 사이트나 천태만상의 블로그나 카페를
기웃거리고 넘나들지만
제 딴엔 진지하게 머리를 쓰는
애틋한 절체절명의

삶의 방식을 구사하는 것 아니던가.
더러, 꼬리를 바짝 감아 뒷다리 사이로 감추고
염탐하고, 냄새 맡고,
제법 날카로운 송곳니를 드러낸 채
으르렁대며 싸우고, 빼앗고,
몰려다니는 하이에나.

비록, 이 모든 것이 살아가기 위한,
아니, 살아남기 위한 몸부림이지만
그 자체가 대단하다.
아니, 위대하다.
더러, 눈치 보며, 맹종하며,
살금살금 기기도 하지만
힘센 놈들과는 일정한 거리를 유지하며
틈새를 공략할 줄도 안다.
힘을 합칠 줄도 안다.
이합집산離合集散할 줄도 안다.

오늘날 그 꾀와
그 술수로써 어두운 굴속에서나마
자식 낳아 애지중지 기르며
알콩달콩 살아가는 것이다.

나는 아침마다 컴퓨터를 부팅하면서
간밤에 쫓고 쫓기면서

저들이 남긴 발자국을 추적하며
저들의 주둥이에서 진동하는
피냄새를 맡는다.

아, 쓸쓸한 세상이여,
아, 빈틈없는 세상이여,
나는 하이에나 무리 속으로 걸어 들어가는
또 다른 하이에나,
잠 못 이루는 현대인이다.
먹고 먹어도 늘 허기진 누리꾼이다.
어떻게 하면 상대를 유혹하고 속이면서
돌아서면 보란 듯이 당당하고
점잖게 살아온 것처럼 꾸며대는
내 집과 내 이웃집에 아들딸들이다.

- 「하이에나」 전문

빛이 있기에 어둠 있고, 어둠 있기에 빛이 있다.
그러므로 빛이 없다면 어둠의 의미가 없고, 어둠이 없다면 빛의 의미 또한 없다.

'하이에나'로 빗대어지는
현대인의 생태에서 진동하는 악취

이 작품은 전체 9개 연 78행으로 짜여진 비교적 긴 시인데, 하이에나의 생태적 특징들이 아주 사실적으로 많이 묘사되어 있다. 과장해서 말하자면, '하이에나'라는 동물을 이해하는 데에 부족함이 없을 정도이다.

그런데 '굶주린 현대인과 누리꾼'이라는 부제가 붙어있고, 갑자기 제4연에서 '하이에나 같은 내(인간)'가 등장하면서부터 하이에나 이야기와 사람의 얘기가 겹쳐져 나타난다. 하이에나 이야기인가 하면 사람의 이야기이고, 사람의 이야기인가 하면 하이에나 이야기가 되어 있다. 다시 말하면, 하이에나와 인간 사이에 존재하는 생태적 유사성에서 출발하여 사실상 '다를 바 없는' 존재로 기술되어 가다가 마침내 '하이에나 = 인간'이라는 등식을 성립시켜 놓고 있는 것이다.

문제는, 하이에나와 인간의 생태적 특징들이 어떻게 유사하거나 같은 지를 묘사하고 있는, 그 상관성의 객관적 신뢰도가 이 작품의 공감도와 재미를 결정해 주겠지만, 얼핏 보면, 하이에나나 인간의 생태적 특징이 아주 부정적인 이미지들로 가득하다. 그래서 악취가 진동할 뿐 아니라 비하卑下되는 인격에 기분이 나빠질 수도 있다.

　이 작품의 제1, 2, 3연과 제5연의 1~6행과 13~17행, 그리고 제6, 7연이 모두 하이에나의 생태적인 특징을 묘사하고 있는 대목들이지만 약육강식의 먹이사슬 현장에서 하루하루 먹고 살며 새끼를 치고 대代를 이어 살아가는 하이에나의 집단생활을 아주 가까이에서 들여다보는 것 같은 생동감이 느껴진다. 시적 화자의 눈에는 한사코 하이에나가 더럽고 지저분하며, 간사하고 비겁하고 치사하며, 으르렁대며 싸우고 몰려다니는 약삭빠른 존재로서 강자도 약자도 아니지만 그렇게라도 살아남고, 그렇게라도 잘 살고 있는 것이 대단한 생존의 몸부림으로서 위대하기까지 하다는 것이다.

　그런 하이에나에 빗대어지고 있는 우리 인간은, '나'로 시작해서 '세상의 남자들과 여자들'이 되며, 동시에 잠 못 이루는 '현대인'이면서 먹고 먹어도 늘 허기진 '누리꾼'이 되며, 마침내 '내 집과 내 이웃집에 아들딸들'로 확대된다. 한 마디로 말해서, 인간의 욕망이 질척거리는 천박한 자본주의 사회 뒷골목을 배회하며, 또 다른 세상 사이버 공간에서 인터넷 사이트나 천태만상의 블로그나 카페를 기웃거리고 넘나들면서 제 딴엔 진지하게 머리를 쓰는 절체절명의 삶의 방식을 구사하느라고, 그 '삭막한' 세상 속을 어슬렁거리다가 지쳐서 새벽녘에서야 곯아떨어지며, 주둥이에 피 냄새를 풍기는 하이에나 무리 속으로 걸어 들어가는 또 다른 하이에나로서 눈을 뜨기 무섭게 컴퓨터를 부팅하면서 살아가는 존재들이다.

따라서 이 작품은, 욕망의 노예가 되다시피 살아가는 현대인과 소위 사이버 공간에서 활동하는 네티즌들의 양태를 하이에나의 생태적 특징에 연관시켜서 부인할 수 없는 우리들의 삶의 단면을 드러내놓으려고 애쓴 작품이다. 그런데 그것이 너무나 리얼하여 거부감을 불러일으킬 것만 같다. 그 거부감이란 것은 자신의 속모습이 원치 않게 노출될 때에 느껴지는 수치감 내지는 불편함 같은 것이다.

솔직히 말하여, 없어서 남의 것을 훔치거나 빼앗는 사람도, 있지만 더 많이 갖기 위해서 남의 것을 수단방법 가리지 않고 노략질하는 이들도 알고 보면 다 나의 이웃사람들이듯이, 법을 어겨가며 성적 동영상을 찾아다니며 보거나 제작하는 사람들도, 돈을 벌기나 자기 이름을 알리기 위해서 온갖 나쁜 짓을 하는 사람들도 바로 나의 이웃사람들이다. 매일매일 밤에 별의별 광고성 유해한 메일을 보내는 사람들도, '섹스'라는 단어를 찾아 밤마다 나의 블로그에 찾아오는 사람들도 동시대를 살아가는 나의 이웃들이다. 경우에 따라서는 자살을 하거나 불특정 다수에게 피해를 끼치는 사람들도 바로 내 이웃사람들이다. 개인마다 정도 차이는 있지만 그렇게 저렇게 살아가는 우리들의 삶의 양태가 아프리카 초원의 하이에나로 빗대어져서 부끄럽게도 치부를 드러내 놓고 있는 상황이다.

따라서 하이에나가 사자도 사슴도 못되는 존재로서 아프리카 초원의 약육강식의 무서운 현실을 살아가야 하듯이, 우리는 무한 경쟁 속에서 남보다 앞서야 한다는 강박관념에 시달리며 살아가야만 한다. 아니, 정정당당히 경쟁하여 이기는 것도 아니고, 훔쳐보고 거짓말하며 사기치고 숨어 살다시피 하면서 자신의 욕구·욕망을 추구하는 패배자들의 입장과 처지와 방식이 하이에나와 다를 바 없다는 생각이 들어 좋지 못한 감정을 배설排泄하듯이 이 시를 습작하였었다.

-2013. 05. 08.

세상은 살아있는 자의 것이고, 아름다움은 향유하는 자의 것이다.

-이시환의 아포리즘aphorism 4

황매산 철쭉

이 능선 저 비탈
불길 번져버렸네요.

걷잡을 수 없이
돌이킬 수 없이

꽃 불길
확 번져버렸네요.

우두커니 서서 바라보던
내게도 옮겨 붙은 듯

화끈화끈 얼굴 달아오르고
두근두근 심장 마구 뛰네요.

-2013. 05. 02.

*황매산(黃梅山) : 소백산맥에 솟아 있는 산으로 경상남도 합
천군 가회면·대병면과 산청군 차황면 경계에 있다. 해발고도
1,108m로 남북방향으로 능선이 뻗어 있으며, 비교적 평탄한
남쪽 능선 산정 부근에 철쭉군락지가 있다.

06

주관적 정서의 객관화

이 작품의 매력은 무엇보다 '단순성'에 있다고 생각한다. 요즈음에는, 시가 마치 철학哲學인 양 책상 앞에 앉아 있는 사람들의 분석거리가 되어야 좋다는 평을 듣는데, 그들의 눈에는 노래에 가까운 이 시야말로 구시대적인 낡은 것으로 비추어질 가능성이 매우 높다.

그러나 나는 그렇게 생각지 않는다. 명시名詩가 흔히 그렇듯 짧고 단순하지만 깊은 의미가 내장되어 있어야 하는데, 그 깊은 의미란 인간적 경험에 비추어본 진실에 기초하며 동시에 주관적인 정서의 객관성에 있다고 본다.

이 작품의 의미 역시 어렵지 않고, 그 표현 또한 복잡하지가 않다. 그 의미인 즉 특정 산에 무리지어 핀 철쭉꽃의 장관壯觀 때문에 내 가슴이 뛰고 내 얼굴이 화끈거린다는 것이다. 그리고 그 의미를 겉으로 드러내는 표현법인 즉 철쭉꽃이 핀 상태狀態나 기세氣勢를 거침없이 번지는 '산불'로써 빗대어 놓은 기교技巧에 있다. 아주 단순한 내용에 단순한 기교인 셈이다.

  그런데 이 작품은 그 단순성 이상의 의미가 있다고 생각한다. 그것은 다름 아닌 공감도와 직결되는 '주관적 정서의 객관화'에 있다. 곧, 꽃밭에 머무노라면 그 사람의 얼굴조차 상기되고 마침내 그 꽃빛이 그 얼굴에 물들어있는 것처럼 보이는데 – 이것은 엄밀한 의미에서 착시현상이지만 – 이런 경험적 사실을 놓치지 않고 산불이 났을 때의 경우와 오버랩 시켜서 표현해 내고 있다. 다시 말하면, 무리지어 피어 있는 꽃밭에 파묻히었거나 멀리서 바라볼 때에 느끼는 즐거움과 설렘을 산불의 기세와 열기로 겹쳐 놓음으로써 과장하였으나 그 두 경험적 사실에 공통인수적인 요소 곧, 색깔·열기·기세 등의 유사성 때문에 무리 없이 공감된다.

  이처럼 누구나 경험적으로 느낄 수 있는 단순한 내용과 그에 딱 들어맞는 비유법이 주는 높은 공감도에 이 작품의 매력이 있음에 틀림없지만, 굳이 다른 하나를 더 든다면 구어체口語體의 문장이 안겨주는 정감어린 자연스러움과 편안함이다. 이 자연스러움과 편안함을 합쳐서 보통사람들이 느끼고 즐기는 성향을 지칭하는 말로서 '대중성' 혹은 '통속성'이라고 바꿔 말하고 싶은데, 이 대중성은 세 번 반복되어 나타나는 '~해 버렸네요'라는 어투와 '확'이라는 시어에 의해서 잘 드러났다고 본다. 이는 지각된 사실에 대한 놀람과 함께 그것을 환기시켜 널리 알리는 기능적인 측면에서도 생동감 넘치게 한다.

그러나 이 시에서 모든 이야기들을 가능하게 하는 키key가 바로 "우두커니 서서 바라보던/내게도 옮겨 붙은 듯(제4연)"에 있다. 이 작품은 전체 5개 연 가운데에서 전반부인 3개 연은 능선의 철쭉꽃이 피어있는 상태를 표현한 것이고, 나머지 2개 연은 그 능선을 바라보는 화자 자신의 이야기인데, 객관적인 대상으로서 철쭉꽃과 주관적인 나를 연결해 주는 교량역할을 하는 것이 바로 이 제4연이다. 그런데 묘하게도 화자인 나를 '우두커니 서서' 다시 말하면, '넋 놓고 서서' 불타는 철쭉꽃을 바라보는 위치에 놓았다는 사실이다. 그러니까, 꽃밭 한 가운데 있지 않고 일정한 거리를 두고서서 바라보아도 얼굴이 화끈거리고 가슴이 두근거린다는 양자간의 관계 설정에 키포인트가 있다 하겠다.

이처럼 꽃과 사람, 산불과 꽃, 사람과 산불 사이의 관계에서 느낄 수 있는 정서를 비유법으로 활용한 표현기교와 내용이 구어체의 어법을 만남으로써 대중성을 확보하는 데에 성공했다고 말할수 있지만 그와 달리 형식적인 장치로서 외형률을 간과할 수 없다. 곧, 소리 내어 읽을 때에 일정한 리듬감을 주는 1행 2음보, 1연

2행 구조의 외형률과 동음반복의 운韻이 살아있다는 점이 이 작품을 더욱 자연스럽고 편안하게 한다.

사실, 이것 때문에 눈으로 읽는 것보다는 소리 내어 읽는 편이 나은 시가 됐다. 그 운의 진가는 천천히 끊어 읽을 때에 느낄 수 있는 매행每行의 음보와 음보 사이, 그리고 매연每聯의 행과 행 사이에 깃들어있는 탄력성에 있다. 이 탄력성은, 같은 단어를 피하고 동일한 의미라도 소리가 다른 시어를 선택함으로써 생기는 변화變化이며, 동음同音이나 동일 구조의 어구語句 대비對比이며, 문장 구조상의 군더더기 없는 깔끔함 그 자체로서의 긴장緊張인 것이다.

-2013. 05. 21.

지극히 아름다우면 그 자체로서 진실하고, 진실하면 그 자체로서 아름답다.

-이시환의 아포리즘aphorism 5

몽산포 밤바다

올망졸망,
높고 낮은 파도 밀려와

내 발부리 앞으로
어둠 부려 놓고 간다.

그 살가운 어둠 쌓이고 쌓일수록
가녀린 초승달 더욱 가까워지고

나를 꼬옥 뒤에서 껴안던
소나무 숲, 어느새 잠들어

사나운 꿈을 꾸는지
진저릴 친다.

– 「몽산포 밤바다」 전문

밤바다 정황묘사의 섬세함

　'요즈음 특별히 할 일이 없어서 자작시 해설을 쓰고 있다'하니, 가까운 어느 지인께서 말하기를 '해설을 붙여서 시문장의 의미를 스스로 제한함으로써 오히려 독자들 나름대로 상상할 수 있는 즐거움이랄까 자유를 박탈하는 것이 아니냐?'며 염려한다. 듣고 보니, 이 조언이 옳을 수도 있고 틀릴 수도 있겠다는 생각이 들었다. 자작시 해설은 분명히 독자 나름대로 상상하고 생각해 볼 수 있는 자유나 즐거움에 간섭하는 격이 될 것이고, 경우에 따라서는 시의 진실로 바로 들어가는 지름길로서 교량역할도 할 수 있기 때문이다.

　이 작품은 '몽산포'라고 하는 특정 지역의 밤바다 풍경을 묘사해 놓고 있다. 아니, '풍경'이 아니라 '정황'을 그려내었다 함이 더 적절할 것이다. 그런데 특별한 의미를 강조하지도 않고 화자의

53

주장이 크게 있어 보이지도 않는 이 작품을 읽으며 무언가 말을 하려니 자꾸만 그 지인의 말이 떠오른다.

보다시피, 이 작품은 전체 5개 연 10행으로 이루어진 비교적 짧은 시이다. 문장의 수로 치면 두 개뿐이다. 그 하나는 ①"올망졸망, 높고 낮은 파도 밀려와 내 발부리 앞으로 어둠 부려 놓고 간다(제1, 2연)"이고, 그 다른 하나는 ②"그 살가운 어둠 쌓이고 쌓일수록 가녀린 초승달 더욱 가까워지고 나를 꼬옥 뒤에서 껴안던 소나무 숲, 어느새 잠들어 사나운 꿈을 꾸는지 진저릴 친다(제3, 4, 5연)"이다.

첫 문장을 간단히 줄여서 말한다면, '파도가 어둠 부려놓고 간다'가 되는데 나머지는 어떤 파도이고, 어디에 어둠 부려놓고 가는지를 설명해주는 수식어에 지나지 않는다. 그리고 두 번째 문장은 주어와 술어가 각각 두 개씩인 중문이다. 곧 '초승달이 가까워지고'와 '소나무 숲이 진저리를 친다'가 그것이다. 역시 나머지는 초승달과 소나무 숲이라는 두 주어의 동태動態를 존재하게 하는 상황이나 그 인과관계를 설명해주는 수식어일 뿐이다. 그러고 보면, 이 작품의 키워드는 첫 문장의 ①파도와, 두 번째 문장의 ②초승달과, ③소나무 숲 등을 합쳐 세 개뿐이다.

만약, 이 두 개의 문장에서 주어와 술어만을 떼어내어 간단히 기술하듯 표현한다면, "①파도가 어둠 부려놓고 간다 ②초승달이 가까워지고, 소나무 숲이 진저리를 친다"가 되는데, 이것만을 떼어 읽으면 시인이 기대했던 몽산포 밤바다의 '어떤' 정황이 그려지지 않는다. 그래서 시 작품이라고 할 수도 없다. ①파도 ②초승달 ③소나무 숲 등 세 개의 주어가 보이는 동태動態만으로는 시인이 말하고자 했던 바 그 정황이 구축되지 않아 왠지 부족하다는 생각이 드는 게 사실이다.

그래서 어둠 부려놓고 가는 파도가 구체적으로 어떤 파도인지를 '올망졸망, 높고 낮은'이라는 수식어로써 설명하였고, 그 파도가 어디에다가 어둠을 부려놓고 가는지 그 장소를 '내 발부리 앞'이라고 분명하게 단서를 붙여 놓았다. 그럼으로써 파도의 크기와 세기를 말했고, 화자인 '내'가 바닷가에 있다는 사실을 간접적으로 드러내 놓았다. 또한, 그 어둠이 어떤 어둠인가를 설명하기 위해서 '살가운'이라는 형용사를 동원하여 그 어둠의 질감을 드러내 놓았다. 곧, 어둠이 피부에 닿는 감촉이랄까 그에 대한 감각적인지 결과를 '살갑다'라고 드러내 놓은 것이다.

나아가, 그런 '어둠이 쌓이고 쌓일수록'이라는 하나의 조건이 제시되면서 바로 그 조건이 원인原因이 되어 '초승달이 내게 가까워진다'는 결과로서 연緣이 나왔다. 이 인과 연에 의해서 '소나무 숲이 신서리를 친다'는 또 다른 현상이 결과로서 생겼다. 소위, 인

연因緣에 의해서 현상이 나오고 없어지는 유한의 세계를 그려내고 있는 것이다.

사실, '어둠이 쌓일수록'이라는 말은 '밤이 깊어갈수록'이라는 뜻이고, '초승달이 선명하게 다가온다' 함은 밤이 깊어가면서 나타나는, 화자가 지각한 자연현상인 것이다. 그리고 소나무 숲이 어떤 소나무 숲인지를 '바닷가에 서있는 나를 뒤에서 꼬옥 껴안던'이라는 말로써 그 의미를 제한하였고, 그 소나무 숲이 왜 진저리를 치는지에 대해서는 '어느새 잠들어 사나운 꿈을 꾸는지'라고 추측하는 가벼운 단정을 내리고 있다.

결과적으로, 파도·어둠·초승달·소나무 숲·숨겨진 바람 등 다섯 가지 자연적 요소가 어울리어 만들어내는 밤바다의 정경이 어떠한 것이며, 그 정경에 화자인 '내'가 어떻게 관계하며 어울리는지가 이 작품의 골격이 되었다. 다시 말하면, '몽산포 밤바다'에서 볼 수 있는 객관적 요소들을 가지고 화자인 내가 어떻게 재구성하여 '제2의 몽산포 밤바다'를 만들어 놓느냐가 이 작품의 주제가 되고 기교가 되었다는 뜻이다. 따라서 제2의 몽산포 밤바다는 최소한의 객관성 위에 주관성으로 덧칠되어 창조된 개인적인 바다로 객관적이라기보다는 주관적일 수밖에 없는 것이며, 바로 그 주관성을 읽어내는 것이 작품 감상의 핵심이라고 생각한다.

그렇다면, 그 네 가지 자연적 요소에 화자를 연관시켜 시인이 창조한 제2의 몽산포 밤바다는 과연 어떠한 것인가? 오로지 정황으로 말할 뿐 작품의 주제가 선명하게 부각되지 않아 설명이 쉽지는 않다. 그래서일까, 예전에 어떤 사람이 인터넷 사이트에서 이 시를 읽고 전문全文을 인용하면서 "시 너무 좋다…" (자유여신, 2013/03/06 00:13:10) 라고 댓글을 달았었는데, 그 '너무 좋은 이유'를 밝혔더라면 위 질문에 어느 정도 답이 될 터인데 그 역시 그 이유를 밝히지 않았다. 굳이 밝힐 필요를 느끼지 못했거나 그 이유가 분명하게 인식되지 못했기 때문일 것이다.

혹시, '나를 꼬옥 뒤에서 껴안던 소나무 숲'을 자신을 사랑했거나 사랑하고 있는 사람쯤으로 연계시켜 해석되었기 때문일까? 아니면, 아무도 없지만 거칠지 않은 파도가 어둠을 실어 나르고, 그 어둠이 내 발밑으로부터 쌓여 밤이 깊어갈수록 하늘에 초승달만 밝아지는 고적함이란 분위기 때문일까? 아니면, 파도·어둠·초승달·소나무 숲 등과 함께 '내'가 '몽산포 밤바다'라는 하나의 세계에 편입되어 부분으로서 전체를 이루고, 그 전체의 구성인자로서 저마다 살아있는 생명력을 느낄 수 있었기 때문일까? 아니면, 한 폭의 그림이 되어 바닷가에 서있었던 과거 어느 순간의 추억을 환기시켜 주었기 때문일까? 아니면, 애써 말하지 않아도 같이 느끼고 같이 생각해 볼 수 있는 공감의 영역이 있었기 때문일까. 이늘 발 역시 모두가 사족임에 틀림없다.

분명한 사실은, 큰소리로 외쳐 말하지 않고 정황으로써 보여줌에 가깝고, 전면에 나서서 보란 듯이 강조함이 아니라 한 걸음 뒤로 물러서서 지켜봄에 가깝다는 점이다. 바로 그 점이 부각되었어야 할 작품의 주제를 녹여내 버리고 있다는 점이다. 그래서 이 작품을 읽으면 좋다는 느낌이 드는데 그 이유를 분명하게 말하기가 쉽지 않은 것이다. 이 작품에서는 유일한 사람으로서 등장하는 화자인 '나'조차도 초승달이나 파도처럼 밤바다를 구성하는 한 요소에 지나지 않음이 그를 잘 말해 준다.

-2013. 05. 23.

아름다움이란
선악(善惡) · 시비(是非)를 초월한 감각적 욕구이다.

-이시환의 아포리즘aphorism 6

금낭화

사람이 북적거릴수록
더욱 그리워지는 당신께서
이 깊은 산골 오지奧地까지 오신다함에
어두운 골목골목
등불 밝혀 놓았습니다.

세상사 시끄러울수록
더욱 간절해지는 당신께서
이 어두운 벽지僻地까지 오신다함에
험한 산길 굽이굽이
등불 밝혀 놓았습니다.

– 2013. 05. 24.

두 대상 간의 상관성에
기초하여 성립되는 비유법

시제詩題가 된 '금낭화'에 대해서 사실, 나는 아는 게 없었다. 지난 2013년 5월 17일로부터 19일까지 황금 연휴기간에 경남 함양에 있는 처가에 갔었는데, 앞마당 잔디밭 모퉁이 돌담 곁에 생전 처음 보는 꽃이 피어있었다. 신기해서 자세히 들여다보니, 가느다란 줄기 하나에 많은 것은 열댓 송이, 적은 것은 여남 송이 정도의 아주 작은 꽃들이 종鐘처럼 일렬로 매달려 있었는데, 윗부분은 분홍색이었고, 그 밑 부분은 하얀색이었다. 비록, 한 그루의 나무였지만 여러 방향으로 뻗어있는 줄기마다 그렇게 꽃 주머니들을 매어 달고 있었다.

그런데 한걸음 물러서서 바라보니 비교적 큼지막한 잎들에 꽃들이 가려져 있기도 했지만 그것들이 그 잎들 사이로 언뜻언뜻 내비치기도 했는데 영락없이 아주 멀리서 반짝거리는 불빛처럼 보였다. 이윽고 한 그루의 꽃나무는 깊은 산속 오지奧地 같았고, 붉은 색과 흰색이 조합된 원통형 꽃 주머니가 줄줄이 매달린 모양새는 그 산속 벽지僻地 모퉁이마다 밝혀 놓은 등불처럼 보였다. 그것도 굽이굽이 내려오는 험한 산길 오고가는 사람들의 발길을 밝혀주는 어둠 속의 연등처럼 말이다.

순간, 옳거니! 나는 무릎을 쳤고, 부처님이 오시는 길을 밝혀드리기 위해서 사람들이 내걸어 놓은 연등으로까지 생각되었던 것이다. 그날 밤, 잠자리에 누워 그 금낭화의 모양새를 다시 떠올리자 연등도 그냥 연등이 아니라 사밧티(舍衛城:네팔 남서쪽에 인접해 있던 코살라 왕국의 도읍지)에 살았던 어느 가난한 여인이 밝힌 예의 그 등불 같았다. 비록, 구걸한 돈으로 기름을 사서 밝힌 초라한 것이었지만 부처님에 대한 무한한 존경심과 정성으로써 다음 세상에서는 꼭 부처가 되고 싶다는 서원誓願까지 담았기에, 부처님의 수행제자인 '아난다'가 아주 늦은 밤에 그 불을 끄려고 애를 썼지만 끝내 꺼지지 않았다[이는 불경佛經 가운데 하나인 「근본설일체유부비나야약사根本說一切有部毘奈耶藥事」에 나옴]는 그 등불로까지 연계, 연상되었던 것이다.

그래서 단 몇 분 만에 이 시를 썼지만 문제는, 객관적인 대상인 '금낭화'에 대해 인지된 이미지가 또 다른 객관적인 대상인 '연등'과 얼마나 자연스럽게 연계되느냐에 달려있다는 사실이다. 이처럼 두 대상 간에 존재하는 상관성에 기초하여 비유법이 성립되는 것이고,

그 상관성의 정도가 독자들의 공감 정도를 결정해 주리라 믿는다.

그러나 요즈음에는 거꾸로 두 대상간의 거리를 크게 벌려서, 다시 말하면, 전혀 관계없는 것들을 억지로 연관시켰을 때에 발생하는 이질감과 그 충격을 적극적으로 이끌어내려는 경향이 있다. 이런 경향이 현대시의 모더니티를 이루는 한 요소로 간주되지만 이것은 인간의 잠재의식이나 무의식 세계를 밖으로 드러내는 일을 인간성 해방이라 여겼던 초현실주의자들의 주된 시작기법詩作技法의 흉내 외에 다름 아니다.

여하튼, 금낭화의 모양새와 색깔 등을 쉬이 떠올릴 수 있는 사람들은 어렵지 않게 '종鍾'을 연상하거나 '연등'을 떠올려 볼 수 있으리라 본다. 아니, 그 외에 전혀 다른 것을 떠올릴 수도 있다고 본다. 무엇이 떠올려지느냐는 오로지 개인의 관심과 경험 등으로 입력되어 있는 뇌의 기억창고 속 내용물과 깊은 관계가 있다고 본다. 그것이 나에게는 부처님 오시는 길을 경축하며 편히 오시라고 어둠 밝혀 드리는 등불을 밝혔던 고대古代 사람들의 마음씨요, 온갖 개인적인 기원을 담아 연등을 매달아 놓으면서 부처님께 복福을 비는 요즈음 불자佛者들의 마음이었다. 그리하여 줄줄이 매달린 금낭화를 보면서 그들이 밝혀 놓은 산사山寺의 연등을 생각하며 잠시 미소 지어 보일 수 있었던 것이다.

　-2013. 05. 24.

고강 댁·1

산이 동서로 가로막혀
해조차 늦게 뜨고 일찍 지는,
어느 산비탈 외진 곳에서
처자를 버리고 홀로 사는 고강古江.
그 댁 앞마당에
4월의 따스한 햇살이 내리는데…

그가 있거나 없거나
아랑곳하지 않고
좁은 마당을 가로지르는
디딤돌 가장자리론
키 작은 제비꽃이 어느새 고갤 숙이고
싱그러운 돌나물도 파릇파릇 돋아나는데…

그가 있거나 없거나
아랑곳하지 않고
기울어져 가는 대문 밖
늙은 개살구나무에서는 실바람이 불어
꽃잎과 꽃잎들이 앞 다투어
햇살의 목마를 타고서
대지 위로 소리 없이 내려앉느라
눈이 부신데…

주인은
쓸쓸함을 데리고 마실 가셨나
텅 빈 집안에
봄기운만 왁자지껄하네.

- 2003. 04. 23.
- 2014. 09. 19. 수정

아름다움은 눈물을 요구하기도 한다.

-이시환의 아포리즘aphorism 7

감각적인 정황묘사로써
대자연의 생명력과
그 아름다움을 노래하다

「고강 댁·1」이라는 이 작품은 한 차례 수정되었었다. 원래는 3개 연이 각 4행씩 12행으로 되었던 것인데 각 연에서 정작 해야 할 말들이 다 생략되어 있었다. 그런데 그 생략된 말들이 필요하였던지라 그것을 마지막 제4연 4행으로 갖다 붙이면서 앞의 3개 연의 행 가름이 자연스럽게 바뀌어 버렸다.

제1, 2, 3연은 공히 '~하는데…'로 문장이 끝이 나 예전처럼 해야 할 말이 생략되어 있는 상태이다. 그런 만큼 임의로 상상하게 하지만 무언가 아쉬움이 남아 있는 상태이다.

제1연은, '오래된 징검다리'라는 뜻의 '고강古矼'이라는 아호雅號를 가진 지인知人이 살고 있는 집터와 그 지인이 어떤 인물인가를 읽을 수 있는 단면을 노출시키고 있다. 곧, 그의 집은 동쪽과 서쪽에

높은 산이 자리 잡고 있어서 아침에는 해가 늦게 뜨고 오후에는 해가 일찍 지는, 드문 곳이다. 그것도 외진 곳 산비탈에 있다. 그리고 고강은 처와 자식을 버리고 홀로 사는 사람이다. 그런데 그의 집 앞마당에는 4월의 따뜻한 햇살이 내리고 있는 상황이다.

제2연은, 그의 집 앞마당의 정경을 그리고 있는데 곧, 마당 가운데로 듬성듬성 디딤돌이 놓여있고, 그 가장자리로는 키 작은 제비꽃이 피어 고개를 숙이고 있고, 돌나물이 파릇파릇 돋아나 있는 상황이다. 문제는 "그가 있거나 없거나 아랑곳하지 않고"라는 표현에 있다.

제3연은, 역시 그의 집 안팎의 풍경을 묘사했는데 대문은 기울어져 있고, 그 대문 밖에는 늙은 개살구나무 꽃들이 만발하여 실바람이 불자 그 꽃잎과 꽃잎들이 햇살의 목마를 타고서 대지 위로 소리 없이 내려앉는다는 정황묘사가 감각적으로 이루어져 있다. 역시 문제는 "그가 있거나 없거나 아랑곳하지 않고"라는 표현에 있다. 그리고 한 가지 특기할 만한 사실이 있다면, 개살구나무에 핀 꽃잎이 햇살 속에서 반짝반짝 빛을 내며 떨어지는 양태를 "꽃잎과 꽃잎들이 앞 다투어/햇살의 목마를 타고서"라는 감각적 인지능력이 반영된 표현에 있다.

이렇게 제1, 2, 3연에서 '고강'이라는 이름[실제는 아호雅號임]을 가진 사람의 집 안팎의 풍경과 그 풍경속의 정황을 감각적으로 섬세하게 그려 놓았으되 그 이상의 말을 전혀 하지 않았다. 다시 말해, 정황만을 그려 놓았으되 그에 대한 의미부여 없이 일체를 생략해 둠으로써 독자들의 생각이나 상상을 유도하고 있는 셈이다.

사실, 이정도만으로도 시인이 그리고자 했던 고강 댁의 정경이 어렴풋이나마 독자들의 머릿속에 떠올려질 수 있고, 그것으로써 나름대로 상상할 수 있다고 본다. 곧, 궁궐 같은 큰 집이 아니라 다 쓰러져가는 초라한 시골집이지만, 오래되어 낡은 집이란 것도, 그리고 사람의 손길이 크게 가지 않은 채 방치된 듯한 집이란 것도 짐작이 갈 줄로 믿는다. 그리고 고강이란 인물이 왜 처자를 버리고 그곳에서 홀로 사는지는 도무지 알 수 없지만 초야草野에 묻혀 한적함 가운데에 살고 있다는 점도 미루어 짐작할 수 있으리라 본다.

그러나 무언가 허전함도 있어 보이고 궁금함도 여전히 남아있는 게 사실이다. 바로 그것을 끝까지 감추지 못하고 마지막 제4연에서 하고 싶었던 말을 덧붙여 놓고 말았다. 곧, "주인은/쓸쓸함을 데리고 마실 가셨나/텅 빈 집안에/봄기운만 왁자지껄하네."라고 말이다. 이 말을 꼭 했어야 했는지, 아니면 끝까지 하지 않고 생략해 두는 편이 더 좋았는지는 솔직히 가늠하기 어렵다.

집 주인인 고강은 보이지 않지만, 설령 집안에 있거나 없거나 상관없는 일이지만, 봄이 됐다고 대자연이 집 안팎에 부려놓는 생명력이 약동하는 모습을 '왁자지껄'이라는 수식어 하나로 표현해 놓았다. 비록, 다 쓰러져가는 낡은 집이지만 제비꽃이 피어나고, 돌나물이 돋아나고, 개살구 꽃이 햇살 속에서 바람에 실려 떨어지는 모습을 통해서 봄기운을 받아서 약동하는 대지의 생명력과 그것의 아름다움을 드러내고 싶었던 것이다.

그렇다면, 정작 그리고 싶었던 대자연의 생명력이란 무엇이고, 그 생명력의 아름다움이란 또 어떠한 것인가? 물론, 이에 대해서는 말로 직접 다 표현하기는 어렵지만 – 설령, 말로 표현이 다 된다면 그것은 이미 시가 아닐 것이지만 – ①집주인이 있거나 없거나 상관없이 태양의 빛과 열에너지를 받아서 앞마당에 제비꽃이 피어나고 돌나물이 돋아나는 정황과, ②기울여져가는 누추한, 낡은 집이지만 게다가, 주인마저 어디론가 출타중이어서 텅 비어있어 더욱 쓸쓸하기 짝이 없는 집이지만 대문 밖에서는 늙은 개살구나무의 꽃잎들이 바람에 날리어 햇살 속에서 꽃비처럼 떨어지는 정경을 제시한 것으로써 설명한 셈이다.

결과적으로, 나는 '고강'이라고 하는 특정인의 집을 중심 소재로 택하여 그 안팎의 풍경風景을 그렸으되, 그 풍경 속의 정황情況을 통해서 '하늘꽃'이 내려오고, '새들'이 지저귀고, '꽃들'이 만발한 청정한 '극락세계'와 다를 바 없는 지상에서의 희열을 한 편의 시로 담아내고 싶었지만 역시 역부족이었음을 부인하지 않는다.

-2014. 09. 25.

눈물은 인간의 심신을 맑게 씻겨주는 묘약이다.

-이시환의 아포리즘aphorism 8

붉게 물든 산천을 보며

때가 되면
저 은행나무 잎처럼 노랗게 물들어
한 시절 불태우다가
가볍게 떨어질 줄 알아야 하거니

때가 되면
저 단풍나무 잎처럼 붉디붉게 물들어
한 목숨 불태우다가
가볍게 날릴 줄도 알아야 하거니

때가 되면, 때가 되면
한 시절 한 목숨 다 버리는
산천초목처럼
돌아가는 발길도 가벼워야 하리라.

노란 은행나무 잎처럼 빛깔 곱게 살다가
빨간 단풍나무 잎처럼 여한 없이 살다가
가볍게 돌아가는 것이
우리의 아름다움 아니겠는가.

- 2013. 11. 06.
- 2014. 09. 19. 수정

빛깔 곱게 여한 없이 살다가는
삶의 의미를 생각게 하다

    이 작품은 기승전결起承轉結 구조를 갖춘 4개 연으로 되었으되, 각 연이 4행씩 균일하게 모두 16행으로 짜여 있다. 소리 내어 읽거나 자세히 들여다보면 반복이 많고, 점층법적인 수사修辭가 동원되어 있음을 어렵지 않게 알아차릴 수 있을 것이다.

    '때가 되면'이라는 어구가 제1, 2연에서 한 차례씩 나오는데 그것이 제3연에서는 연속으로 두 차례 반복되어 나타나 있고, 제1, 2연에 한 차례씩 나오는 '은행나무'와 '단풍나무'가 제4연에서 동시에 다시 나타나고 있다. 그뿐 아니라, 제1, 2연에서 각각 나타나는 '한 시절'과 '한 목숨'이라는 어구도 제3연에서 동시에 다시 나타나고 있다. 게다가, '~하면 ~하거니'라는 문장구조 자체가 제1, 2, 3연에서 그대로 되풀이되어 나타나고 있다.

이처럼 같은, 단어나 어구나 문장구조가 반복됨으로써 단순구조를 이루어 의미 판단을 쉽게 하면서 강조하는 효과를 거두지만 깊게 사유하는 쪽으로 익숙해진 현대인들에게는 오히려 '가벼움' 내지는 '지루함'으로 느껴질 수도 있을 것이다. 그래서 이 작품은 문장의 의미를 새기기 위해서 눈으로써 읽는 것보다는 노래로서 불려져야 더 맛깔이 살아난다고 본다. 그만큼 리듬감각에 의지하는 음악성이 짙다는 뜻이다.

그리고 제1연의 '은행나무'와 제2연의 '단풍나무'는 제3연의 '산천초목'으로 확대·통합되는데 이런 확대·통합성은 제1연의 '한 시절 불태우다가'가 제2연의 '한 목숨 불태우다가'로 발전하고, 이들은 다시 제3연에서 '한 시절 한 목숨 다 버리는' 것으로 통합되어 나타나고 있다. 소위, 점층적인 수사修辭를 통해서 그 의미를 확대·심화시키면서 자연스럽게 강조하는 효과를 거두고 있는 것이다.

그렇다면, 반복과 점층법으로써 무엇이 강조되고, 그 의미가 어떻게 확대·심화되었는가? 그것은 두 가지라고 생각한다. 하나는, '한 시절'(제1연)과 '한 목숨'(제2연)에 대한 '불태움' 곧 삶의 태도나 방법이고, 다른 하나는 '가볍게 떨어짐'(제1연)과 '가볍게 날림'(제2연) 곧 '돌아감'(제3, 4연)이라는 '죽음'이다. 그러니까, 한 시절과 한 목숨을 불태운다는 것은, 생명체로서 소명을 다하는, 진지함이라 할까 정열이라 할까 본능적 욕구에의 충실함이다. 인간으로 빗대어서 말하자면 '최선'을 다하여 사는 것을 뜻하는데, 그 최선이란 것의 의미가 제4연에서 '빛깔 곱게 산다'는 말과 '여한 없이 산다'는 말로써 부연 설명된다. 그리고 '가볍게 떨어짐'(제1연)과 '가볍게 날림'(제2연)이라는 말은 제3, 4연의 '돌아감'이란 말로 귀결되지만 이는 곧 '죽음'을 뜻한다. 죽음이란 '본래의 자리로 돌아감'이라는 의미가 전제되었지만 말이다.

따라서 결구인 "노란 은행나무 잎처럼 빛깔 곱게 살다가/빨간 단풍나무 잎처럼 여한 없이 살다가/가볍게 돌아가는 것이/ 우리의 아름다움 아니겠는가."가 이 작품의 주제가 된다. 문제는, '빛깔 곱게 산다'는 것과 '여한 없이 산다'는 것, 그리고 '가볍게 돌아간다'는 일련의 간접적인 표현들이 과연 '독자들에게 어떻게 지각·인지되느냐?' 일 것이다.

그러나 함축적이고 정서적이고 음악적인 요소들을 갖추어야 하는 ― 이런 고전적인 시 정의定意에 대해 만족하지 못하는 사람들도 많지만 ― 시詩에서 그 이상 설명하는 일은 무리가 따른다고 생각한다. 겉으로 표현되지 아니한 부분들에 대해서는 독자들의 안목과 감각적 인지능력에 맡겨야 할 문제로 남겨 둔다.

다만, 숭요한 사실은, 겨울이 오기 전 가을칠에 딘풍니무니 온행나무를 비롯하여 산천초목이 다 물들어 불타듯하다가도 쉬이 지고 마는 것은 객관적인 자연현상으로서 흔히 볼 수 있는 일이지만 그 자체를 노래했다기보다 그런 자연현상을 빌려서[빗대어서] 다름 아닌 인간 삶을 노래했다는 점이다. 그러니까, 단풍나무와 은행나무와 산천초목처럼 우리 인간을 포함한 모든 생명체가 빛깔 곱게 여한 없이 살다가 때가 되면 가볍게 돌아가야 한다는 시적 화자의 희망사항을 읊조린 것이라 할 수 있다. 물론, 이런 주관적인 생각이나 판단이나 정서가 얼마나 공감되느냐에 따라서 시가 살기도 하고 죽기도 하는 것이지만 말이다.

-2014. 09. 23.

모든 생명체가 생로병사의 과정을 거치듯이 우주(宇宙) 또한 그러하다.

-이시환의 아포리즘aphorism 15

진관사에서 내려오는 길에

9월의 중순 어느 이른 아침
의상봉*으로 가는 길을 잘못 들어서서
진관사*에서 되돌아 나오는데

급히 걸어오시는
몸집 작은 백발의 할망구,
내게 다가오더니 다짜고짜 묻는다.
'저 위쪽에서
밤 떨어지는 소리 못 들었느냐?'라고.

(밤 떨어지는 소리라…)

내 겸연쩍게 웃으며,
'못 들었다…' 했더니
할망구 고개를 갸우뚱거리면서
되레 무지한 나를 나무라는 듯
'못 듣긴 왜 못 들었느냐?'며
발걸음을 재촉한다.

– 2014. 09. 14.

*의상봉(義湘峰) : 행정구역상 경기도 고양시 덕양구 북한동에
 속하며, 북한산성 대서문 쪽으로 있는 해발고도 502m 봉우리이
 다. 신라의 고승 의상(義湘:625~702)이 머물렀던 곳이라는 데
 에서 그 이름이 붙여졌다고 전해진다.
*진관사 : 서울특별시 은평구 진관동 354번지에 위치한 불교사원.

밤이나 주우러 가는
할망구로 변신한 부처님

2014년 9월 14일 이른 아침, 나는 서울 은평구 진관동 '여기소'란 마을에서 '백화사'를 거쳐 북한산의 의상봉·용출봉·용혈봉·나한봉·비봉·향로봉·족두리봉 등을 차례로 오른 다음, 불광동으로 내려오고자 큰마음을 내어 새벽 5시 반경에 집 앞에서 버스를 타고 '진관사 입구'라는 정류장에서 내렸다. 무작정 산 쪽으로 걷다 보니 '백화사'가 아닌 '진관사'가 나오기에 '아차, 버스에서 잘못 내렸구나' 싶어 지도를 펴보고서야 방향을 바로잡고, 진관사에서 여기소 쪽으로 둘레길을 따라 걸어가고 있었다. 이때가 아침 6시 반쯤 되었을 것이다.

그런데 저 앞쪽에서 설봉雪峰 같은 백발白髮을 이고 오는, 몸집 작은 할머니가 씽씽 걸어오고 있었다. 그녀가 내 앞에서 걸음을 멈추더니, 내게 다짜고짜 묻는다. "저 위쪽에서 밤 떨어지는 소리

못 들었소?" (이 할망구, 웬 밤 떨어지는 소리…) 솔직히 말해서, 나는 밤 떨어지는 소리를 듣지 못했고, 걸어오면서 나무 밑 풀숲에서 무언가를 찾고 있는 두어 사람을 보았을 뿐이다. 그래서 나는 노파의 얼굴을 들여다보며, 겸연쩍게 "못 들었소만…" 하고 말끝을 흐렸더니, 이 할망구가 혀를 차듯 말하기를 "못 듣긴 왜 못 들었소." 라고 대꾸하고는 종종걸음으로 달아나듯 가버리는 것이 아닌가.

그 순간, '별사람도 다 있구나' 생각하면서 내 길을 걸어가는데 '아니, 내가 지금 무엇에 홀렸나?', 아니면, '내가 무얼 잘못 말했나?', 아니면, '내가 마땅히 알아야 할 것을 모르기라도 했단 말인가?' 등등 별의별 생각이 드는 것이었다. 하여, 나는 고개를 갸우뚱거리면서 그 할망구의 뒷모습과 퉁명스런 말투를 떠올려 보았지만, 분명한 것은 그녀가 이른 아침부터 야산의 밤이나 주우러 가는 시골 할머니임에는 틀림없질 않는가.

그럼에도 불구하고, 자꾸만 이상한 생각이 든다. 혹시, 내가 무언가 알아차리지 못하고 놓친 게 있나 싶었고, 혹시, 내 잘못 살아온 인생을 환기시켜 주려고 내게 퉁명스런 말투로 혼내듯이 암시했던 것인가 싶기도 했다.

여하튼, 나는 그 길로 그날 계획한 산행을 마쳤고, 그날 밤 노곤

노곤하여 초저녁부터 잠에 떨어졌지만, 그 할망구가 내게 던진 말을 곱씹으면서 나는 시 한 편을 썼던 것이다. 그것이 바로 위 졸작 「진관사에서 내려오는 길에」이다.

사실, 아주 짧은 시간에 있었던 그대로를 기술한 내용이다. 그래서 시詩로서 부족한 느낌마저 드는 것도 사실이다. 그런데 애착이 간다. 표현은 제대로 되지 못했지만, 그래서 나의 진짜 생각이 부각되지 못했지만, 내 마음 속에서는 그 '백발의 할망구'와 '밤[栗]'에 대하여 많은 생각을 했고, 저절로 엉뚱한 의미가 부여되었다. 분명, 내가 만났던 사람이 내 눈에는 평생을 시골에서 살며 늙은 할망구였을 따름인데, 그것도 때가 되어 자연이 주는 밤이나 주우러 가는, 가난한 삶을 살아가는 그녀였을 뿐인데, 어찌 부처님을 떠올릴 수 있단 말인가.

정말이지, 그 할망구의 말이 내게 자꾸만 걸리었고, 심상치 않게 느껴지는 것이 이상할 정도였다. 마치, 그녀가 내 뒤통수에다 대고 지껄이는 것처럼 느껴졌다. 곧, '내가 너에게 그 맛있는, 귀한 밤을 주어먹을 수 있는 기회를 주었는데 무식한 너는 그 기회를 알아차리지 못하고 있구나. 그러니 네가 어찌 내가 주는 밤의 맛을 알 수 있을까? 너는 분명 우둔한 사람이고, 아직 나와는 연이 닿지 않는 사람이구나. 너는 그곳에서 내려오지 말고 내가 주는 밤이나 먹으면 될 일인데 무엇 때문에 다른 곳으로 애써 서둘러

간단 말인가. 어리석은 사람아.' 라고 나를 나무라는 것만 같았다.

만약, 그렇다면 나는 내 인생을 잘못 산 것이나 다름없다. 나의 생각이 여기까지 미치자, 돌연 부처님이 '여의족如意足'을 내어서 백발의 할망구로 변신하여 내게 나타나, 내가 가야할 길을 암시해주신 것은 아닐까 싶었다. 만약, 그렇다면 백발의 노구老軀는 부처님이 되는 셈이고, 밤은 정신적인 양식으로서 부처님이 깨달았다는 도道의 함의含意가 될 것이고, 시적 화자인 나는 길을 안내 받았음에도 불구하고 알아차리지 못하는 어리석은 중생에 지나지 않는다.

잘못 들어선, 이른 아침 산행 길에서의 뜻밖의 만남을 두고 이렇게 의미를 부여하고 싶었던, 아니 자연스럽게 그리 되었던 나의 사유세계를 드러내 놓고 싶었으나 동감同感·동의同意하지 못했다면 전적으로 나의 표현력 부족으로 받아들인다.

바로 현실적인 만남을 정신적인 만남으로 환치換置시키기 위해서, 다시 말해 현실세계에서 이상세계로 나아가는 길목에 징검다리 하나를 놓았는데, 그것이 바로 '의상봉으로 가는 길을 잘못 들어서서/진관사에서 되돌아 나오는데(2, 3행)'와 '되레 무지한 나를 나무라는 듯(13행)'이라는 표현이다. 하지만 이 징검다리가 '있었던 그대로'의 사실적 표현이라는 거친 물살에 휩쓸려 떠내려가 버린 것만 같아 유감이다. 그래서 아쉽고 애착이 가는 것인가.

이렇게 시를 다 써 놓고 보면, 마음속에서만의 일이지 그것이 겉으로 온전하게 드러나지 못해서 종종 오해를 불러일으키기도 하는 것이다. 그 오해가 때로는 시를 더욱 깊게 하기도 하지만 말이다.

-2014. 09. 18.

구멍론

커다란, 혹은 깊은
구멍이 눈부시다.
푸른 나뭇잎에도, 사람에게도,
바람에게도, 하늘에도, 땅에도, 우주에도,
그런 구멍이 있다.
기웃거리는 나를 빨아들이듯
불타는 눈 같은,
그런 구멍이 어디에도 있다.
사람이 구멍으로 나왔듯이
비가 구멍으로 내리고,
햇살도 구멍으로 쏟아진다.
어둠이라는 단단한 껍질에 싸인 채 소용돌이치는
비밀의 세계로 통하는,
긴 터널 같은,
無에서 有로, 유에서 무로 통하는,
긴 탯줄 같은 구멍은
나의 숨통, 나의 기쁨, 나의 슬픔.
그 구멍을 통해서만이
한없이 빠져들 수 있고, 침잠할 수 있고,
새로 태어날 수도 있다.
그것으로부터 모든 것이 비롯되고,
비롯된 모든 것이 그곳으로 돌아가므로.

- 작품 「구멍론」 전문

유와 무의 경계를 그리다
有　　無

　‘구멍’이란 말을 들었을 때에 당신에겐 어떤 대상이 먼저 떠오르는지 모르겠습니다만, 나의 작품 「구멍론」을 읽고서 아주 재미있다는 듯 웃어 보이며, 그것도 다중이 모여서 술 마시는 자리에 돌연 문제의 작품을 들고 나와 낭송하는 40대 여성을 기억하고 있다. 다들 가까이 앉아있는 사람들과 안부를 묻고 대화를 나누느라고 시끌시끌했었기에 주의 집중이 통 되지 않는 분위기였지만 그녀가 왜 시키지도 않은 시낭송을 하는지 짐작할 수는 있었다. 어쩌면, 그녀는 그 구멍을 두고 아이를 잉태하고 낳는 관문인 여자의 성기를 가장 먼저 떠올렸을 것이다. 그렇지 않고서야 어떻게 그녀의 얼굴에 부끄러움과 흥분이 반반씩 뒤섞인 붉은 웃음을 감추지 못했겠는가.

　누가 니의 작품 「구멍론」을 읽고서 피리의 작은 구멍들을 떠올리든, 둥그런 도넛의 커다란 가운데 구멍을 떠올리든, 아니면 차량들이 질주하는 길고 긴 터널을 떠올리든 상관없다마는 지금 이 시를 읽는 여러분들은 과연 어떤 대상을 떠올리며, 어떤 생각을 어디까지 할 수 있는지 여간 궁금하지가 않을 수 없다. 막 이 작품을 읽은 당신은 어떤 대상을 떠올렸고, 어디까지 상상을 했는지 알 수 없지만 일단, 이 문제는 접어두기로 하고 나의 이야기를 계속하겠다.

나는, 2015년 8월 26일 심종숙 시인 겸 문학평론가로부터 「부재의 시학 -죽음에 관한 묵상」이라는 글을 받았었는데, 그 글 속에 뜻밖에도 이 작품에 대한 언급이 있었다. 다 생략하기로 하고 그 핵심 내용만을 가져오자면 대략 이러하다. 곧, '구멍은 완전한 비움이자 충만이고, 구멍은 죽음과 생명이 오가는 통로로서 삶과 죽음에 대한 성찰의 결과로 끌어들여진, 만물이 창조되어 나오고 만물이 죽어서 돌아가는 길'로 해석하였다. 아마도, 평자評者의 이런 언급이 여러분들 눈에는, 과장 되고 애써 의미를 부여해 준 것으로 받아들여질 수도 있겠다는 생각이 들지만 평자의 판단은 시를 쓴 나의 생각과 조금도 다르지 않다. 이 시가 어떠한 배경에서 쓰여졌는지를 솔직하게 털어놓으면 바로 이 점이 이해되리라 믿는다.

나는 7층 사무실에서 곧잘 커다란 유리창 밖으로 내리는 빗방울을 바라보았고, 빌딩과 빌딩 사이로 더 거칠게 부는 바람을 느낄 수도 있었다. 그러니까, 바람이 지나가는 통로를 보았고 빗방울이 떨어지는 그 구멍 같은 길을 보았다는 뜻이다. 그렇듯, 한 사람의 생명체가 나오는 과정과 그 길을 상상했고, 천체물리학에서 말하는 블랙홀이라는 개념 속 중력과 시간이라는 문제를 떠올렸다. 그리고 나뭇잎의 숨구멍을 떠올렸고, 내 피부의 솜털구멍과 세포마다의 아주 작은, 그래서 눈에 보이지도 않는 구멍과 길을 떠올렸다. 나아가서, 우주 빅뱅 이전의 상태와 빅뱅 이후의 우주 진화과정을 떠올리며 상상하곤 했다. 뿐만 아니라, 불교佛敎 최고·최후의 종지에 해당하는 '색즉시공色卽是空 공즉시색空卽是色'이라는 귀신 씨나락 까먹는 소리의 의미도 떠올렸다.

이런 나는 어렸을 때부터 늘 무無에서 어떻게 유有가 나오며, 유는 또 어떻게 무로 돌아가며, 또 그 무는 어떤 상태인가를 놓고 상상해오곤 했었다. 그러니까, 무와 유 사이의 이해할 수 없는, 그리고 깨뜨리거나 넘어갈 수도 없는 벽을 상상하곤 했던 것이다. 이런 나의 상상과 생각과 추리가 뒤범벅이 되어 돌연 이 시를 짧은 시간에 썼던 것이다. 사실, 문장으로써 초고를 쓰는 데에는 아주 짧은 시간이 걸렸지만 이런 상상 이런 생각을 해왔던 시간은 너무나 길었던 셈이다.

나는 알고 있다. 소리가 너무 직거나 너무 거도 내 귀에 들리지 않는다는 것을. 그렇듯, 소리만이 아님도 알고 있다. 눈으로 볼 수 있는 것들을 비롯하여 나의 감각기관과 뇌에서 이루어지는 모든 지각 대상이 그러하다. 그러니 내가 듣지 못했다고 해서 소리가 없었던 것도 아니고, 내가 보지 못한다고 해서 꼭 없는 것도 아닐 것이다.

나는 내 감각기관으로써 지각할 수 있는 것들을 나열해 가며 그 본질을 생각했고, 내가 지각하지 못하는 것들에 대해서도 나름대로 상상력을 펼쳐보곤 했다. 비가 내리는 구멍, 바람이 부는 구멍, 사람이 나오는 구멍, 사람 몸에 있는 구멍들, 그리고 높은 산의 능선과 능선 사이의 골짜기라는 구멍, 지구가 태양을 중심으로 도는 길로서의 구멍, 별과 별 사이의 구멍, 태양계가 돌아가는 우리 은하 속의 길로서의 더 큰 구멍… 이렇게 점점 확대해 가면 우주 안에는 구멍으로 가득하며 구멍 아닌 곳이 없다.

나는 의심의 여지없이 구멍에서 나왔지만 더 큰 구멍 안에서 살고 죽는다 해도 크게 틀리지 않는다고 생각했다. 하지만 그 구멍의 실체를 설명할 길이 없기에 나는 그저 '소용돌이', '불타는 눈', '비밀의 세계', '탯줄 같은 것'이라고 적당히 얼버무렸을 뿐이다.

이 시를 쓴 지 20여 년이 흐른 지금, 다시 읽어도 그리 밉지는 않다. 그리 부끄럽지도 않다. 차라리 '잘' 썼다는 생각이 든다. 만족할 만큼 제대로 쓰여졌다는 뜻이 아니라 당시의 나의 생각 나의 문제의식 등을 감안해 볼 때에 때를 놓치지 않고 제때에 써두었다는 뜻이다. 오로지 이 작품에 대한 평가나 재단裁斷은 여러분들의 느낌과 여러분들의 판단으로써 직접 해보시기 바란다.

나는 단지, 내 머릿속에 들어있던 유有와 무無라고 하는 두 개념의 경계를 상상했던 것이고, 무의 본질이 무엇인가를 상상했는데 그 유와 무 사이의 통로로서 구멍을 가정했던 것이고, 그것을 통해서 내가 상상해 온 유무有無의 세계를 말하고자 했을 뿐이다. 하지만 결과적으로, 유와 무는 양태의 변화일 따름이지 그 본질은 조금도 다르지 않다는 생각으로 되돌아와 버렸다는 사실이다. 애써, 나는 우주 한 바퀴를 돈다고 크게 돌았는데 결국은 제자리였던 것이다. 그러고 보니, 결국엔 귀신 씨나락 까먹는 소리라고 여겼던 색즉시공 공즉시색이라는 말에서 한 걸음도 벗어나지 못했음을 자인할 수밖에 없는 상황이 되었다.

-2015. 08. 27.

벌판에 서서

바람이 분다.

얼어붙은 밤하늘에 별들을 쏟아 놓으며
바람이 분다.

더러, 언 땅에 뿌리 내린
크고 작은 생명의 꽃들을 쓸어 가면서도
바람이 분다.

그리 바람이 부는 동안은
저 단단한 돌도 부드러운 흙이 되고,
그리 바람이 부는 동안은
돌에서도 온갖 꽃들이 피었다 진다.

바람이 분다.

내 가슴 속 깊은 하늘에도
별들이 총총 박혀 있고,
내 가슴 속 황량한 벌판에도
줄지은 풀꽃들이 눈물을 달고 있다.

바람이 분다.

– 「벌판에 서서」 전문

조물주의 전령인 '바람'

나는 평생 시를 써오며 살았지만 대중 앞에서 시낭송을 한 번도 제대로 하지 못했다. 무언가를 외우고, 기억하여 그것을 가지고 남들 앞에서 자랑하듯 말하거나 혹은 연기하듯 온몸으로 표현하여 보여주는 행위를 끔찍이도 싫어하는, 아니, 싫어한다기보다는 그런 능력이 없어서 못하는 사람이기 때문인 것 같다. 하지만 그런 나에게도 은밀한 애송시愛誦詩가 딱 한 편 있다. 그것은 세계적으로 유명한 시인의 대표작이 아니라 다름 아닌 자작시 「벌판에 서서」였다. 누가 시 낭송회에 꼭 동참해서 낭송해 달라하면 몸이 참석하기는 어려워도 마지못해 이 작품을 보내곤 했었다.

나는 내가 쓴 시이지만 다 외우지도 못하면서 「벌판에 서서」를 왜 은연중 좋아했는지 모르겠다. 딱히 그 이유가 무엇인지 분명하게 밝힌다는 것이 쉽지는 않지만 결국은 이 해실이 되지 않겠는가 싶다.

　문제의 이 작품을 다 읽고 나면, 최소한 세 가지 정도가 그냥, 저절로 기억된다. 하나는, 여러 차례 반복됨으로써 강조되고 있는 '바람이 분다'는 단순한 사실이고, 다른 하나는 바람이 불되 '어떻게' 부는 바람인가이다. 그리고 또 다른 하나는, 바람이 불어서 무엇이 어떻게 되었다는 '결과'이다. 이처럼 두부豆腐를 칼로 반듯하게 자르듯이 시를 분석하면서 읽으면 시 전문全文이 하나 되어 풍기는 심미감에 흠이 생기게 마련이지만 제대로 된 시라면 다 읽고 났을 때에 자연스럽게 저절로 인지되어야 할 줄로 믿는다.

　여기서 그 '어떻게'에 해당하는 표현만 의식하면 단번에 드러난다. 곧, ①'얼어붙은 밤하늘에 별들을 쏟아 놓으며'와 ②'더러, 언 땅에 뿌리 내린/크고 작은 생명의 꽃들을 쓸어 가면서도' 등 두 가지뿐이다. 그러니까, 바람이 불긴 부는데, 밤하늘에서는 별들을 쏟아놓으면서 불고, 땅에서는 뿌리내린 크고 작은 생명의 꽃들을 쓸어가면서 분다는 것이다. 결과적으로, 하늘에서 부는 바람과 지상에서 부는 바람이 뜻하지 않게 대비되고 있는 셈인데, 중요한 것은 그 바람이 별들을 쏟아놓기도 하고, 크고 작은 생명의 꽃들을 쓸어가기도 하는, 그런 바람이라는 것이다. 다시 말해, 지상과 하늘에 존재하는 만물萬物에 생기를 불어넣기도 하고 거두어 가기도 하는 '바람'인 것이다. 다만, 그 대상을 '별'과 '꽃'이라는 두 개의 상관물로써 드러내 놓았을 뿐이다.

그 다음, 바람이 불어서 무엇이 어떻게 되었는가에 해당하는 결과만을 떼어내 보자. 그것은 곧, '그리 바람이 부는 동안은/저 단단한 돌도 부드러운 흙이 되고,/그리 바람이 부는 동안은/돌에 서도 온갖 꽃들이 피었다 진다'라는 부분이다. 여기서 '그리'는 '그 곳으로'가 아니라 '그렇게'라는 뜻으로서 앞에서 설명한 '어떻게' 에 해당하는, 전제된 내용이다. 그러니까, 만물에 생명을 불어 넣 기도 하고 거두어 가기도 하면서 천지간에 바람이 분다면 단단 한 돌이 부드러운 흙이 되고 돌에서도 온갖 꽃들이 피었다 진다 는 것이다. 인간의 개념으로는 굉장히 광활하고 길고 긴 시공時空 에서 펼쳐지는 일이다. 어찌 보면, 사람이 지상에서 피부로 느끼 는 대기의 흐름으로서 바람이기도 하지만, 크게 생각하면 우주에 서의 에너지 흐름으로서 파동波動까지를 바람으로 동일시했던 것 같다. 그런데 그것이 압축되어 있을 뿐이다. 그러나 더 이상 말하 면, 시를 습작한 사람으로서 곤란해지므로 나머지는 여러분들의 상상력과 논리적 사고력으로써 이해하고 해석하기 바란다.

그런데 묘하게도 '내 가슴 속 깊은 하늘에도/별들이 총총 박혀 있고,/내 가슴 속 황량한 벌판에도/줄지은 풀꽃들이 눈물을 달고 있다'라는, 어찌 보면 엉뚱한, 또 어찌 보면 독립적인 말이 또 하 나의 시늉이랄까 세계를 구축하여 작품 밀미에 붙어 있다. 비로

이 부분을 어떻게 해석하느냐에 따라서 시의 묘미를 더해주기도 하고, 번거로움만 안겨 주기도 한다 할 것이다. 역시, 어떤 이는 이 부분이 있어서 시가 더 깊어졌다고 하는가 하면 또 다른 이는 떼어내 버려야 할 사족蛇足이라고 말하기도 한다. 사실, 이 부분에 대한 판단도 독자들의 몫이라고 생각한다.

여하튼, 나는 어느 해, 아주 추운 겨울바람이 불어대는 황량한 벌판에 홀로 서서 유난히 맑은 밤하늘에 별들이 쏟아질 듯이 떠 있는 것을 보았고, 얼어붙은 땅에서도 별의별 크고 작은 생명체들이 엎드려 숨 쉬고 있다는 것을 표현하고 싶었고, 그 순간에 부는 바람이 곧 조물주造物主의 뜻이거나, 그 의중을 전하러 오는 전령傳令처럼 인지되었다. 이것이 아니면 분명 조물주의 작용作用이고 조물주의 현현顯現이라고 생각했었다.

하지만 내가 서 있던 그 지상과 그곳에서 올려다보던 밤하늘의 세계가 둘이 아닌 하나로서 존재하지만, 다시 말해, 나는 우주 가까이에 있는 게 아니라 우주 속에 있으며 동시에 내 안에 그 우주가 들어있다는 '의미적 판단', 곧 알량한 지식으로써 판단 가능한 생각을 담아내기 위해서 바람에 의해 존재하는 하늘의 별들과 벌판의 풀꽃들을 자신의 가슴 속으로 끌어들여와 펼쳐 놓았던 것이다.

그런데 지금에 와서 생각해 보니, 내 가슴 속에 있는 풀꽃들이 이슬방울도 아닌 '눈물'을 달고 있다고 한 것을 보면 내게 서글픈 구석이 있었던 모양이다. 엄밀히 말하면, 벌판에 서서 온갖 시련을 극복해 가며 살아가는 과정이 '눈물'이라는 단어로 응축되었기 때문이다. 불교적 시각에서 본다면, 생生의 '고苦'와 맥을 같이하는 상관물인 셈인 것이다.

-2015. 08. 28.

아프리카 수사자를 그리며

태양의 검은 손이 가까이 내려와 있는
아프리카 메마른 대지 위로 씨앗을 뿌리며
오늘의 역사를 쓰는 수사자가 있네.

크기도 하지만 위엄서린 몸집에 어울리지 않게
그가 대명천지 사이로 커다란 하품을 걸어놓곤 해도
출퇴근 지하철에서 병 아닌 병을 시름시름 앓는
이 시대 사내들보다야 낫지.

게으름이 묻어나는 낮잠을 즐기다가도
처자가 임팔라 한 마리를 잡아놓고
숨을 고를라치면
어느새 얌체처럼 나타나 시식하는 수사자!
그래도 감히 너를 탓하고 나무라는 이가 없지.

긴장과 위기감이 서릿발처럼 돋아나는
결정적인 순간에 등장하여
그야말로 보란 듯이,
큼지막한 코끼리나 물소의 숨통을 조르고,
틈을 노려 자신의 씨앗을 짓밟은
영악하기 짝이 없는
하이에나 무리 수장과 신경전을 벌이다가

끝내는 그의 목을 물어 내동댕이치는 것으로써
더 크게 으르렁대며,
더 길게 무성해지는 갈기 갈기에 위엄이 깃들지.

좋은 자리에 올라앉았다고
실컷, 자신의 뱃속이나 채우다가
철창신세로 전락하는 졸장부들보다 낫고,
자존심 체면 다 구겨가며
때 묻은 돈 벌어 처자식 먹여 살려도
도무지 힘 못쓰는
이 시대 황무지를 가로지르는
선량한 애비들보다야 낫지.

아, 서글프구나.
나도 언제 갈기 갈기를 휘날리며
언덕 위에 서서
천지간에 그 매서운 눈빛 한 번
내걸어 놓을까나.

    – 「아프리카 수사자를 그리며」 전문

몸을 떠난 영혼이란 있을 수 없으며,
영혼 없는 몸이란 이미 주검에 지나지 않는다.

-이시환의 아포리즘aphorism 26

물신 앞에서 위축되어가는
物神
남성의 권위와 인간 본성

　동물의 세계에서 수컷은 특별히 겉모습이 아름답거나 힘이 강해야 한다. 여기서 아름답다 함은 그 모양새나 색깔이나 자태 등으로써 암컷의 마음을 사로잡을 능력을 말함이고, 힘이라 함은 무리를 안전하게 이끌고 가족의 안위를 지켜주는 보호자 역할을 할 수 있는 머리·기운·리더십 등의 능력을 말한다. 수컷에게는 이래저래 그놈의 '능력'이 있어야만 권위가 서고, 종족을 번식시킬 수 있는 특권이 보장된다.

　그렇듯, 우리 인간도 별반 다르지는 않다. 외모가 아주 잘 생겼거나 성격이나 생활태도나 가치관 등이 아주 훌륭하거나 돈 버는 능력이 탁월해야, 다시 말해, 직업상의 직위·직책이 좋아야 여성들에게 인기가 많은 법이다. 그래서 절대 다수의 사람들은 그것들을 갖추기 위해서 부단히 노력한다 해도 틀리지 않는다.

위 작품은 전체 6개 연 35행으로 짜여진 비교적 긴 시로서, 우스꽝스럽게도 아프리카 대지에서나 볼 수 있는 사자獅子 생태와 현대 문명적 도심에서 살아가는 뭇 남성들의 일상을 대비시키면서 사자를 부러워하는 원초적 마음을 노출시키고 있다. 그럼으로써 열심히 살면서도 도무지 권위가 서지 않고 대접 받지도 못하는 요즈음 남성들의 고단한 삶을 간접적으로 드러내 놓고 있다.

이 작품에서, 수사자는 '태양의 검은 손'이 가까이 내려와 있는 아프리카 메마른 대지위에서 자신의 씨앗을 뿌리며 오늘의 역사를 쓰는 주체로서 낮잠을 즐기고 하품이나 하는 존재이지만 가족의 안위와 대사를 앞두었을 때에는, 다시 말해 큰 먹잇감 사냥이나 숙적인 하이에나 수장의 목을 끝내 물어 죽임으로써 마땅히해야 할 일을 완수完遂하는 존재이다. 그래서 암컷들이 애써 잡아놓은 먹잇감을 손끝 하나 보태지 않고도 제일 먼저 먹는 특권을누리며 살고, 그 무성한 갈기로써 자신의 위엄과 권위를 드러내는 존재이다. 여기서 '태양의 검은 손'이란 태양도 하나의 욕구를가진 생명체로 보고, 그 욕구의 강열함을 검은 손이라 표현했으며, '그것이 가까이 내려와 메마른 대지가 되었다 함'은 태양의 빛과 열에너지가 강력하여 대지의 초목들이 시들어가거나 말라죽는 상황을 그려낸 표현일 따름이다.

그리고 이 작품에서, 수사자와 상반된 위치에 놓임으로써 비교

되는 도심의 남성들은, ①출퇴근 지하철에서 피로에 지쳐 조는 사람들이고, ②좋은 자리에 올랐다고 해서 그 권한과 지위 남용으로 자신의 잇속이나 채우다가 끝내는 구속되는 범법자들이고, ③자존심 체면 다 구겨가며 어렵게 돈 벌어서 처자식 먹여 살려도 가정에서는 도무지 힘 못쓰는, 그 권위가 추락할 대로 추락한 선량한(?) 대다수의 아버지들이다.

이들 세 부류의 범주 안에 들지 않는 사람이 얼마나 있겠는가마는, 한 마디로 말할라 치면, 이들은 지나친 경쟁과 지나친 욕구충족활동 과정에서 수반되는 피로·불법, 물신物神 앞에서 위축되어 가는 인간 존엄성과 남성으로서의 권위, 그리고 성실하게 살아도 먹고 살기 힘든 사회 환경적 변화 등으로 체면과 자존심마저 다 구겨야 하는, 이 시대의 모든 사람들이라 할 수 있다.

그런데 작품 속 시적 화자는 이런 사람들보다야 아프리카 수사자가 낫다고 계속 중얼거리듯 말하고 있는 상황을 연출하는데, 그 중얼거림을 통해서 우리는 새삼 역사를 쓰는 주체도 못 되고, 열심히 살아도 그에 상응하는 대접조차 받지 못하면서, 피로에 지쳐 힘 못 쓰는 남성들의 서글픈 현실을 환기시키고 재확인시켜 주고 있는 격이다. 마치, 동물세계에서 본능적으로 요구되는 수컷의 능력처럼 이 시대 남성들에게 강요되는 능력을 갖추기 위해서 부단히 노력하는 과정에서 지쳐버린 존재가 되어 있는 현대의

기氣 꺾인 남성들을 위엄과 권위의 아이콘인 '사자'에게 대비시켜 그 초라함을 드러내 놓고 있다. 여유롭게 낮잠을 즐기다가도 언덕에 올라서서 갈기를 휘날리며 매서운 눈초리를 보이는 수사자의 위엄과 권위를 생각하면 현대문명의 거대한 바퀴의 틈에 끼어 비명을 지르는 사람들의 주눅 든 어깨로 서글픔이 밀려오는 게 사실이다.

-2015. 10. 13.

마음이란
생명의 욕구를 담아내는 '그릇'이자 그것을 되비추어 보는 '거울'이다.

-이시환의 아포리즘aphorism 28

출렁다리를 걸으며

그리 멀리 있는 것도 아니건만
내가 네게로 갈 수 없고
네가 내게로 올 수 없으니
우리 사이엔 섬과 섬을 잇는
출렁다리라도 하나 놓았으면 좋겠네.

네 그리움이
지독한 홍주처럼 무르익고
내 외로움이
벼랑에 바짝 엎드린 늙은 소나무처럼 사무쳐서

내가 네게로 갈 때마다
내 가슴 두근, 두근거리듯이
네가 내게로 올 때마다
그 마음 출렁, 출렁거렸으면 좋겠네.

－「출렁다리를 걸으며」 전문

15

순간적으로 이루어진

연계·환치
連繫　換置

이 작품은 전체 3개 연 13행의 짧은 시로서 내용상으로는, 2개 연聯으로 구분되어 있어야 하는데 3개 연으로 되어 있다. 곧, '~하면 좋겠네'라는 문장을 두 번 반복한 것으로써 끝나기 때문에 첫 문장인 제1행에서 제5행까지를 1개 연으로 하고, 두 번째 문장인 제6행부터 제13행까지를 1개 연으로 함이 옳다. 그런데 두 번째 문장의 앞부분인 제6행에서 제9행 "네 그리움이/지독한 홍주처럼 무르익고/내 외로움이/벼랑에 바짝 엎드린 늙은 소나무처럼 사무쳐서"를 독립시켜 1개 연으로 구분해 놓았다. 그 이유인 즉 '너의 그리움'과 '나의 외로움'을 특별히 강조해야 했기 때문이다. 그러니까, 이 부분을 천천히 읽으면서 그 의미를 앞뒤 연과 연계시키면서 새기어 보라는 의도가 깔려 있는 셈이다.

사실, 이것은 시의 형식적인 측면에서 구조적인 장치일 뿐이고, 작품을 감상하는 데에 있어서 더 중요한 사실은 '섬과 섬을 잇는 출렁다리'라는 객관적인 대상을 그립고 외로운 사람과 사람이 만날 수 있는 길道이자 그 길을 걸을 때에 일어나는 정서적 반응感情으로 연계連繫·환치換置시켜 놓았다는 점이다. 곧, 시작詩作의 모티브이자 핵심 소재가 된 '출렁다리'는, 섬과 섬을 이어놓은, 그래서 두 섬에 사는 사람들에게는 교류와 소통의 길이 되지만 화자話者는 그 길을 걸으면서 실제적으로 느꼈던 감정을 그립고 외로운 사람과 사람이 상대방을 만나러 갈 때의 심정인 가슴 두근거림과 마음 들뜸[출렁거림]으로 연계시켜 놓은 것이다. 부연하자면, 다리橋의 출렁거림에서 수반되는 약간의 긴장과 두려움, 혹은 약간의 즐거움과 조심스러움을 외로운 사람의 두근거림과 그리운 사람의 들뜸으로 연계시킴으로써 객관적인 출렁다리를 주관적인 출렁다리로 바꾸어 놓은 것이다.

이를 거꾸로 말하자면, '가슴 두근거림'과 '마음 출렁거림'이라는 감정을 표현하기 위해서 섬과 섬을 잇는 '출렁다리'를 끌어들였는데 양자兩者 사이에 최소한의 연관성, 곧 짝을 지어 빗댈 만한 공통된 속성이 있어야 하고, 또 그것이 담보되어야 독자들의 적극적인 연상聯想을 이끌어내게 되는 것이다. 그래야만이 작품의 내용처럼, 외로움에 사무친 내가 출렁다리를 건너서 상대방에게로 갈 때에는 내 가슴이 두근거리고, 나에 대한 그리움으로 무르익은 상대방이 출렁다리를 건너서 내게로 올 때에는 그의 마음이 출렁거렸으면 좋겠다는 화자話者의 마음을 자연스럽게 받아들이게 된다고 본다.

여기서 진정으로 드러내어 표현하고 싶은 대상인 원관념과 그것을 위해서 빌려 쓰는 상관물인 보조관념 사이에는 최소한의 상사성相似性 내지는 연관성聯關性이 인지될 때에 표현의 효과를 거둘 수 있다는 사실이다. 이 기본 원칙은 나의 외로움과 너의 그리움을 설명하는 데에서도 그대로 적용된다. 곧, 나에 대한 너의 그리움이 지독한 홍주紅酒처럼 무르익고, 나의 외로움이 벼랑에 바짝 엎드린 늙은 소나무처럼 사무친, 그런 너와 나의 관계 설정에서 '그리움'을 '지독한 홍주'로써, '외로움'을 '벼랑에 바짝 엎드린 늙은 소나무'로써 각각 연계시켜서 빗대어 놓았는데, 이 두 쌍의 원관념과 보조관념 사이의 상사성相似性 내지는 연관성聯關性이 전제되어야 만이 독자들이 비로소 정서적인 반응을 보이게 된다는 것이다.

여하튼, 출렁다리를 통해서 가슴 두근거림과 마음 출렁거림을, 벼랑에 바짝 엎드린 늙은 소나무를 통해서 외로움을, 지독한 홍주紅酒를 통해서 그리움을 이끌어내어 같이 느끼고 같이 생각해보는 공감共感을 확보하기 위해서 나는 환치換置 내지는 환유換喩의 수사적 기교를 순식간에 부렸지만[실제로 이 작품을 탈고하는 데에는 이틀이 걸렸음] 그 재미와 공감의 정도는 오로지 독자들의 몫이라 판단된다. 이 시점에서 한 가지 덧붙이고 싶은 것이 있다면, 그것은 가슴이 두근거리는 것과 마음이 출렁거리는 것의 미묘한 차이를 식별하는 재미를 누렸으면 하는 점이다.

　-2016. 05. 12.

춘심
春心

기다리던 봄, 봄이 온다고
기다렸던 봄, 봄이 왔다고
아니, 아니, 저마다 좋은 시절 만났다고
앞 다투어 꽃망울부터 내미는
저들을 보아라.

기다리던 봄, 봄이 온다고
기다렸던 봄, 봄이 왔다고
아니, 아니, 저마다 좋은 시절 맞으려고
앞서거니 뒤서거니 새순 새싹 밀어내는
저들을 보아라.

이집 저집이 다 잔칫집이고
오가는 손마다 객마다
붉은 얼굴에 비틀걸음이라
동네방네 온 천지가 소란스럽구려.

– 2016. 03. 24.

꽃 피고 새잎 나는
봄날의 흥을 노래하다

　이 작품은 「춘심春心」전문으로 전체 3개 연에 14행으로 된 짧은 시이다. 각 연이 하나의 문장으로 이루어졌고, 3개의 문장은 '~보아라 ~보아라 ~하구려'라는 형태로 너무나 간단한 내용을 담고 있다. '~을 보아라'라고 권유·제안·명령한 2개의 문장이 연달아 나오고, 나머지 1개의 문장에서만 그 본다는 행위의 결과를 '~이고 ~이라(서) ~하구나' 라는 주관적 판단 내용으로 기술하고 있다. 게다가, 앞의 두 개 연[문장]은 거의 같은 구조로 반복되어 있는데, '꽃망울'이 '새순 새싹'으로 바뀌었고, '앞 다투어'가 '앞서거니 뒤서거니'로 바뀌어 있을 뿐이다. 거의 같은 음, 같은 구조가 반복됨으로써 지루하다고 느낄 수도 있겠지만 그 반대로 자연스런 리듬을 타기 때문에 소리 내어 읽기에 좋다.

　이 소품에 대해서 독자들은 어떻게 생각하고 어떻게 느낄지 모르겠지만, 나는 개인적으로 상당한 애착이 간다. 그 이유인즉 계절과 환경적 상황 변화에 적응하며 열심히 살아가는 초목들의 양태를 함축적이지만 생동감 넘치게, 그리고 인간사처럼 의인법擬人法을 구사하여 겨울을 지난 봄날의 생명력과 그것의 흥을 표현해 냈기 때문이다.

솔직히 말해, 내 나이 50대 후반이 되어서야 비로소 계절과 환경의 변화에 따라 민감하게 적응하며 살아가는 초목들의 크고 작은 움직임 곧 생태生態를 온몸으로 느낄 수 있었다. 그렇다고, 그이전에는 전혀 느끼지 못했던 바는 아니지만, 다른 어느 때보다도 각별하게 체감하고 생각해 왔다는 뜻이다. 일주일에 한 차례이상 만 3년 동안을 꼬박꼬박 빠짐없이 산길을 걷다보니 하루가멀다고 조금씩, 조금씩 변하고 있는 초목들의 생생한 모습을 감지하게 되었고, 그들의 생명력을 눈여겨보면서 쉽지 않지만 진지하게 살아가는 사람살이와도 조금도 다를 바 없다는 생각을 하게되었기 때문이다.

서울 경기 일원의 국립공원 북한산의 경우, 대개는 3월 말경부터 산수유·진달래·개나리들이 앞 다투어 잎보다 꽃을 먼저 피우는, 그러니까, 의욕적이고 경쟁적인 그들의 모습을 눈물겹게 바라보았고, 겨울철 내내 강풍과 추위 속에서 발가벗고 견디어냈던나목들에게서 아주 작은 새순들이 뾰쪽뾰쪽 일어나는 모습을 지켜보며 마치 내가 고난을 극복하고서 승리한 것처럼 기쁘기도 했다. 비록, 산에서 살아가는 온갖 초목들과 새들을 비롯한 동식물의 세계이지만 그 조화로움을 바라보노라면 덩달아 내 기분이 좋아지고, 힘도 솟는 것 같았다.

특히, 아직 추위가 온전히 가시기 전인 3월 말경에 골짜기나 산등성이에서 산수유와 진달래가 피어나고, 4월 중순으로 접어들면서 개나리 벚꽃 목련 등을 비롯하여 여러 가지 들꽃들이 구석구석에서 피어나는 것을 지켜보노라면 흡사 내가 잔칫집에 초대를 받고 푸짐한 안주상에 한 단지 가득 막걸리라도 대접을 받고 나오는 사람마냥 취기가 돌아 굳게 닫힌 말문이 열리고 걸음걸이가 평소와는 달리 더 자유로워진 모양새이다.

겨울의 끝자락에서 봄으로 바뀌는 시기, 곧 초봄에 초목들의 생리적 변화이자 욕구 분출을 내 딴에 생동감 있게 표현해 내고자 했다. 곧, 초목들이 사람들과 마찬가지로 경쟁적으로 의욕을 갖고 꽃을 먼저 피워서 주변에 자신의 존재감을 드러내고, 새순 새싹을 먼저 밀어내면서 내일을 향해 나아가는 생명을 가진, 욕구를 지닌 저들의 역동적인 이미지를 그려내고자 나름 노력했는데 그것의 결과가 잘 전달傳達·전이轉移가 되었는지 모르겠다.

-2016. 05. 17.

서있는 나무

서있는 나무는 서있어야 한다. 앉고 싶을 때 앉지도 못하고, 눕고 싶을 때 눕지도 못하는, 서있는 나무는 내내 서있어야 한다. 늪 속에 질퍽한 어둠 덕지덕지 달라붙어 지울 수 없는 만신창이가 될지라도, 눈을 가리고 귀를 막고 입을 봉할지라도, 젖은 살 속으로 매서운 바람 스며들어 마디마디 뼈가 시려 올지라도, 서있는 나무는 시종 서있어야 한다. 모두가 깔깔거리며 몰려다닐지라도, 모두가 오며가며 얼굴에 침을 뱉을지라도 서있는 나무는 그렇게 서 있어야 한다. 도끼자루에 톱날에 이 몸 비록 쓰러지고 무너질지라도 서있는 나무는 죽어서도 서있어야 한다. 그렇다 해서 세상일이 뒤바뀌는 건 아니지만 서있는 나무는 홀로 서있어야 한다. 서있는 나무는 죽고 죽어서도 서있어야 한다.

– 「서있는 나무」 전문

서 있는 나목

'나무'를 통해서 본
인간존재 의미

    나는 까마득히 잊고 살았다. 이 부끄러운 작품과 나를. 나의 첫 시집 『안암동일기』 속에 실려 있는 1980년대 작품이다.

    그런데 돌연 2017년 1월 25일 심종숙 문학평론가로부터 한 통의 이메일을 받았다. 그 내용인 즉 '존재혁명을 위하여'라는 거창한 부제가 딸린 『이시환의 시 「서 있는 나무」와 합사성의 원리』라는 길지 않은 평문이었다. 여러 모로 부족한 내가 읽기에는 다소 난해한 글이었다. 그래서 더욱 조심스럽게 몇 번을 더 읽었다. 그래도 시원스럽게 이해되지는 않았다. 특히, 그녀가 차용해 쓰고 있는 한스 에두아르트 헹스텐베르크Hans-Eduard Hengstenberg의 '합사성 Sachlichkeit'이란 용어가 낯설고, 그 개념이 쉽게 파악되지 않았기 때문이다.

    심종숙 문학평론가는 자신의 글에서 "대상 자체를 향하는 태도인 합사성에 기인한 관조적 직관으로부터 출발하고 있"다고 전제하면서 이 작품의 의미를 구구절절 해석하였다. 그 내용이야 조금도 틀리지 않지만 '합사성의 원리'라는 것과의 부합符合을 생각할 때에 내가 이해하지 못하는 부분이 있다는 생각조차 들었다. 그래서 이 작품과 관련하여 즉흥적으로, 아니, 반사적으로 이미 고백했듯이, 그 내용을 여기에 다시 꺼내어 보겠다.

나는 주변에서 볼 수 있었다. 살아서 서있을 때나, 쓰러져 누워있을 때나, 죽어서 썩어갈 때나, 나무는 늘 곧게 서 있다는 것을 말이다. 설령, 썩어서 부서지고 진토가 되어도, 아니 불에 타서 그 형체조차 다 사라져도 그 나무의 '서 있는' 혹은 '서 있어야 한다'는 본질은 변하지 않을 것이라고 기대했고, 생각했었다. 그러고 보니, 너무나 가상嘉尙해 보였다. 하찮은 일개의 나무들이 말이다. 나는 또 생각했다. 나무는 서있음으로써 당당한 나무가 되었는데 지금 나我라는 존재는 무엇인가? 아니, 무엇이어야 하는가? 나무가 서있음으로써 나무이듯이 나도 무엇인가로서 나이어야 한다는 생각이 불쑥 들었다. 그렇다면, 무엇이 나를 나답게 하는 것일까? 고민하지 않을 수 없었다. 그것은 다름 아닌 나의 고유성 곧 내 삶의 의미, 내 삶의 목적 등이 그 어떠한 이유, 그 어떠한 상황 하에서도 훼손되지 않고 그대로 유지, 발휘되어야 한다는 믿음으로까지 확대되었다. 그러자 지구상에 발을 붙이고 살아가는 수많은 사람들이 떠올랐다. 그들 가운데에는 자신의 주의·주장을 위해서 자신의 육체적인 죽음과도 기꺼이 바꾸는 이가 있음을 보았고, 한편, 살아남기 위해서 치졸하고 비굴하게 구는 사람들도 있음을 보았다. 나는 죽을 때까지 나의 말을 하고 나의 소리를 내는 시인으로서 살아야 한다는 것이 곧 나무의 '서있음'으로 인식되었다. 일종의 자신에 대한 다짐이라고 할까, 자신의 삶의 의미와 의지의 재확인이라고나 할까. 분명, 그랬었다. 그런 나무를 통해서 나는 나를 말하고 싶었었다. 그래서 이 작품 속 '나무'는 자신의 정체성을 지켜나가려는 모든 사람이 되기도 한다. 혁명가가 보면 자신의 마음을 노래한 것이라고 말할 것이고, 노동력을 착취당하는 노동자가 보면 자신의 삶을 노래한 것이라고 말할 것이다. 이 작품에서 나 자신을 앞세우지 않았기 때문이다. 이 시를 쓴 장본인인 나는, 시인으로서 나의 의무와 책임을 다하고자 하는 나의 운명적인 정체성을 지키겠다는, 아니 그 무엇으로도 나의 그것을 무너뜨릴 수 없다는 의지의 표명이었고, 확신이었으며, 동시에 다짐이기도 했다.

– 심종숙의 『이시환의 시 「서 있는 나무」와 합사성의 원리』라는 평문을 읽고 즉흥적으로 쓴, 이 작품에 대한 고백(2017. 01. 25.)

그렇다! 나는 내 눈으로써 볼 수 있는 나무를 보았고, 내 눈으로써 볼 수 없는 나무까지 보았으며, 그 결과로써 나무에게 의미를 부여하여 노래한 작품이다. 내 눈으로써 볼 수 있는 나무를 보았다는 것은 관찰觀察이고, 내 눈으로써 보이지 않는 나무를 보았다는 것은 성찰省察이며, 그 관찰과 성찰이 합쳐진 눈이 곧 통찰洞察이 되었다. 그 꿰뚫어봄이 있었기에 나무의 존재성 곧 그 고유성과 정체성을 '서있음'으로 파악할 수 있었다고 본다. 그런데 그 '서있음'을 나무가 살아서도, 죽어서도, 불에 타 없어져서도, 존재하는 나무의 본질로 인식했던 것이다. 그러면서도 나무가 나무로서 전부가 아님을 암시해 놓았다. 다시 말해, 나무가 나무로만 국

한되는 것이 아니라 모든 존재에게로 확대해석할 수 있다는 점을 드러내기 위해서 의인법擬人法을 써서 이 나무가 바로 저마다의 사람일 수 있고, 생명일 수 있음을 내비치었다. 이 점은 "모두가 깔깔거리며 몰려다닐지라도, 모두가 오며가며 얼굴에 침을 뱉을지라도"라는 시구에서 극명하게 드러난다.

나무[객체]를 나무로만 보지 않고 자신[주체]과 동일시함으로써, 다시 말해, 주체의 객체에 대한 평등심이나 존중이나 이해가 전제되어 있다. 그럼으로써 대상을 통해서 나를 보고, 나를 통해서 대상을 읽게 되는 지평 곧 평등세계가 열리는 것이다.

이 작품을 읽는 여러분에게도 이렇게 읽혔는지는 모르겠으나, 오늘 뜻밖에 심종숙 문학평론가의 의욕적인 평문을 받아 읽으면서, 새삼스레 과거 나의 작품 한 편을 끄집어내어 감히 사족蛇足을 붙이게 되었다. 솔직히 말해, 라면 한 그릇 값도, 아니, 커피 한 잔 값도 되지 못하는 시를 버리지 못하고 오늘날까지 살아오게 된 것도 다 이놈의 '다짐' 또는 '선언宣言'이라는 족쇄 때문인지도 모르겠다. 하지만 그런 내게도 위기는 위기인 것 같다. 말장난꾼들 때문에 내가 서있을 땅이 없기 때문이다.

-2017. 01. 25.

존재는 균형이며, 이완을 꿈꾸는 긴장이다.

-이시환의 아포리즘aphorism 35

인디아 서시
序詩

솜털처럼 가벼운
어둠의 실크가 대지를 덮는다.
이내 키 큰 망고나무도
소리 없이 잠기어 가고,
온 몸에 가시 돋친 도심都心마저도
한 마리 고슴도치처럼
어둠 속을 어슬렁거리는데,
멀고 먼 길을 돌아온 강물은
비로소 망고의 과즙이 되고,
사막의 모래알조차 그대로
밤하늘의 별이 되는 광활한 세상이다.
그야말로 위아래가 따로 없고,
그야말로 귀천貴賤이 따로 없는,
살아 숨 쉬는 것들로
가득한 세상이다.

*

어젯밤, 나는 숨 막히도록
너의 알몸을 더듬거렸었지.
너의 치렁치렁한 머리칼 향기를 맡으며,
끝없이 네게로 빠져들며 추락했었지.

너의 가파른 콧날의 산등성이와
그 깊이조차 가늠할 길 없는
너의 두 눈 속 청정한 호수에
수없이 입맞춤을 퍼부어댔지.

                    *

그렇게 어둠의 실크가
한 장 한 장 벗겨져 나가는
마지막 순간까지도
애석하게 나는 달아오르기를 거듭하지만
너의 알몸을 어루만지지는 못하네.
아니, 너는 나를 허락하지 않네.

짙은 아침안개 속으로
어슴푸레 서있는 한 그루 보리수마냥
너는 두 눈만 깜박거리고,
나는 용기를 내어
그런 너를 덥석 안아도 보지만
역시 차가운 대기大氣만이
앞가슴에서 미끄러지듯 빠져나갈 뿐
너의 황홀한 알몸은
끝내 붙잡히질 않네.

18

*

눈에 보이는 짧은 현세現世보다도
보이지 않는 길고 긴 내세來世를 위해
오늘을 사는 사람들이여,
궁궐에 사는 이들에겐 수심愁心이 배어 있어도
남의 처마 밑에서 늦잠 자는
노숙자들의 얼굴에는
미소가 떨어지지 않는 백성들이여,

그들과 어깨를 나란히 하며 걷는
길거리 소들과,
그들과 한 이불을 덮고 잠자는
야성 사라진 개들과,
뉴델리 기차역 철로 주변을 살금살금 기는
살찐 쥐들과,
오가는 사람들의 눈치를 살피는
영민한 원숭이들이
한데 어울려 살아가는
동화童話 속 같은 나라를
어느 날 문득 내가 기웃거리네.

달걀조차,
나무뿌리조차 먹지 않는,
그곳 신神의 자비로운 아들딸들은
오늘도 강물에서

호숫가에서 목욕재계하고,
밤에는 별들의 숨소리에 귀 기울이며
신들의 심기를 헤아리느라
가부좌를 풀지 않네.

*

12월의 뜨거운 햇살과 가뭄 속에서도
밤에는 모기들이 극성을 부리지만
낮에는 핏덩이 같은 꽃들을
주렁주렁 매달아놓는
척박한 대지위의 한 그루 나무를
무심히 바라보면서
문득, 내가 태어나기 전과 내 죽은 후를
오래오래 생각하는,
그리하여 명멸明滅하지 않는
존재의 근원을 향해 꿈을 꾸듯
노櫓를 저어 나아가는
강가 강의 백성들이여,

그리 멀리 바라보기 때문에
하나뿐인 몸과 마음을 쉬이 버릴 수 있는
고행이란 믿음의 나무가
좁은 가슴 비탈마다 자라나 숲을 이루고,
아무데서나 눈을 감고 가부좌를 틀어도
앉은 자리가 다

견고한 산성山城이 되는가.

                    *

먼 옛날, 그대의 선대先代가
이 강물 앞에 서서
덧없는 인생을 깨우쳤고,
이 두터운 모래밭을 거닐며
모래알보다 더 많은 상념들을 물리쳤듯
그의 후손들이 같은 길을 걸으며
새로운 신화神話를 쓰고 있구려.

                    *

그대들이여,
잠시 가던 길을 멈추고 뒤돌아보라.
그저 먹고 살기 바쁜 중생들의 궁색함에서
버려지는 것들이 이곳저곳에서
썩어가면서
피어나면서
뜨겁게 몸살을 앓는
대지여,
강물이여,
사막이여,

그런 너를 품어 안고서

더 멀리 가는
나의 사랑, 한 덩어리
지구地球여,
은하銀河여,
우주宇宙여,

성聖과 속俗이 어디 있으며,
길고 짧음이 어디 있으며,
많고 적음이 어디 있겠는가.
있다면 한 길 같아 보이지만
수많은 길들이 얽혀 있고,
한사코 어지러운 길들 같아 보이지만
한 길로 통할 뿐이지 않는가.

                    *

밤새도록 지축을 울리며
나의 불면, 나의 몸부림을 싣고 달려온
긴 열차는 중생들을 부리며
목쉰 기적소리를
이 무심한 아침마당에 깔아 놓는다.

그 순간, 기적汽笛은
붉은 카펫이 되어 펼쳐지고,
대지 위로는 남국의 햇살 쏟아지는데
검게 탄 피부에 흰옷을 걸친

깡마른 사람들이 서성이며
웅성거리며,
분주하게 움직이어
하얀 나비 떼가 내려앉는 듯
목련꽃을 피워놓는다.
눈이 부시게
눈이 부시게.

- 2008. 04. 02.

감각적 인지능력과
깊은 사유가 전제되어야

이 작품은 전체 15개 연 129행이나 되는 비교적 긴 시이다. 그래서 단숨에 읽기는 어렵다. 몇 번을 끊어 읽어야 하기에 일곱 개의 *표시를 해 두었지만 충분한 효과를 거두지 못하는 것 같다. 이 시를 쓴 나 자신도 숨이 차서 몇 차례 끊어 읽어야 하고, 이와는 조금 다른 시각에서 나온 질문이긴 하지만 "이렇게 긴 시가 어떻게 서시序詩가 되느냐?"고 물었던 사람도 있었다. 그 순간, '서시라고 해서 꼭 짧아야 하는가?'라고 되묻고 싶었지만 그냥 웃고 말았다.

이 시는 나의 인디아 기행시집 『눈물 모순』(신세림출판사, 2009.05.25.)에 실려 있는 것으로, 나머지 24편의 시를 아우르는 작품이라고 생각한다. 그러니까, 이 작품 한 편으로 인디아 여행에서 생성된 나의 정서적 반응이 종합되고 응축된 것으로 보아도 크게 틀리지 않는다는 뜻이다. 마치, 높은 곳에서 내려다보거나 멀리 서서 바라보아야만 전체적인 모습이 한눈에 들어오고, 바로 그것을 형상화할 수 있듯이 말이다.

대다수 사람들이야 피곤하게스리 시詩 안으로 들어오지 않으려 하겠지만 나는 개인적으로 이 작품에 대해 상당한 애착이 간다. 그 이유는 무엇일까? 나는 이렇게 말하고 싶다. 어떤 대상에 대한, 여기서는 '인디아'라고 하는 나라의 역사·문화·사회적 자연적 환경 등이 되겠지만, 나의 감수성이 첨예尖銳해진 상태에서 나온 감각적 표현들이 살아있기 때문이라고 말이다.

129행이나 되는 이 서시의 첫머리인 제1연의 15행만으로도 그 감각적인 표현의 생동감은 충분히 설명되고 입증된다고 본다.

솜털처럼 가벼운/어둠의 실크가 대지를 덮는다./이내 키 큰 망고나무도/소리 없이 잠기어 가고,/온 몸에 가시 돋친 도심都心마저도/한 마리 고슴도치처럼/어둠 속을 어슬렁거리는데,/멀고 먼 길을 돌아온 강물은/비로소 망고의 과즙이 되고,/사막의 모래알조차 그대로/밤하늘의 별이 되는 광활한 세상이다./그야말로 위아래가 따로 없고,/그야말로 귀천貴賤이 따로 없는,/살아 숨 쉬는 것들로/가득한 세상이다.

내 눈에 비친 인디아의 풍경과 그 풍경 속 보이지 않는 세계를 나름대로 묘사했다. 대지가 있고, 망고나무가 있으며, 어둠이 있고, 도심이 있고, 강물이 있고, 사막이 있으며, 밤하늘의 별이 있다는 사실은 인디아의 겉 풍경에 지나지 않는다. 사실, 이것들은 지구촌 어디를 가나 어렵지 않게 볼 수 있는 것들이다. 그러나 그것들을 포괄하여 살아서 숨 쉬는 것들로 가득하면서도 광활한 세상이라고 말한 것은 단순한 풍경의 겉모습만은 아니다. 강물과 망고 과즙, 사막의 모래알과 밤하늘의 별, 어둠과 도심의 불빛, 위 아래와 귀천 등이 각기 대립되지만 이것들이 하나가 되어 구분되지 않는 세상으로서 인디아를 바라보고 있기 때문이다. 특히, 대지 위로 드리워지는 어둠을 솜털처럼 가벼운 실크로, 어둠속에서 반짝거리는 도심을 어슬렁거리는 한 마리 고슴도치로 빗대어 표현한 것은 나의 감각적 인지능력의 반영이다. 게다가, 강물이 먼 길을 돌고 돌아서 망고과즙이 된다거나, 사막의 모래알이 곧 밤하늘의 별이라는 시각은 거시적 안목에서 바라본 나의 세계관이기도 하다.

이런 엄청난 시공간을 품고 있는 인디아를, 나는 치렁치렁한 머리카락을 지니고, 콧대는 날카롭게 솟아있으며, 맑은 눈동자를 지닌, 아름다운 여인으로 빗대어 놓고서 밤새도록 그녀를 탐하는 정황으로 묘사하였다. 더듬거리고, 향기를 맡고, 입맞춤을 퍼부어대는 상황으로써 말이다[제2연 8행].

그러나 나의 탐미적인 노력은 무위無爲로 끝나고 만다. 그녀가 허락하지 않았기 때문이다. 어둠의 실크라는 옷을 벗기는 데에는 성공했지만 끝내 그녀의 알몸을 어루만지거나 온전히 품어 보지는 못한다. '어슴푸레 서있는 한 그루 보리수' 같은 그녀가 나를 허락하지 않았기 때문이다. 아니, 허락하지 않았기 때문이 아니라 '보리수' 같은 사상성 깊은 그녀를 내가 수용할 수 없는 조건에 있었거나, 그녀에게 내가 도무지 어울리지 않는 상대로서 작은 그릇이었기 때문이리라[제3~4연 15행]. 여기서 다시 그녀를 보리수로 빗대어 놓음으로써 '인디아 = 매혹적인 여인 = 보리수 = 불교(종교성)'라는 등식이 성립한다.

따라서 그녀는 동화童話 속 같은 나라의 백성으로 신神의 자비로운 아들딸이며, 신의 심기를 헤아리느라 가부좌를 풀지 않는 강가 강의 수행중인 백성들이며, 부처의 후손들이자 새로운 신화神話를 쓰고 있는 종교 지향적인 사람들임을 밝히는 내용이 장황하게 늘어져버렸다[제5~10연 52행]. 그만큼 나에게는 종교와 인디아 백성들의 상관성이 강렬하게 지각되었기 때문이겠지만 이 시가 지루하다면 바로 이 때문이 아닐까 싶기도 하다.

여하튼, 그녀로 대표되는 인디아의 종교적인 백성들을 향해서 나는 정색을 하고 한 마디 던지기도 한다. "그대들이여, 잠시 가던 길을 멈추고 뒤돌아보라"라고. 그럼으로써 자신들과 자신들이 살고 있는 터전을 한 번 눈여겨보는 기회를 가지라는 뜻이었다. 그러면서 나는 내 눈에 비추어지는 그들의 역사와 문화와 환경을 영탄조詠歎調로 숨 가쁘게 이어 노래했다. 인디아의 대지·강물·사막이 지구·은하·우주로 확대되고, 그 뜨거운 몸살이 사랑이 되고, 마침내 모든 분별이 사라지고 마는 '하나의 길'을 가는 과정으로 귀결시켰다[제11~13연 23행]. 이 부분이 기승전결起承轉結의 전轉에 해당하며, 사건으로 치자면 클라이맥스인 셈이다.

 절정에서 부르는 영탄도, 한숨도 다 가라앉히고 나는 지나온 나의 여행길을 뒤돌아본다. 그 길은 분명 잠들지 못한 '불면不眠'이었고, 의심스럽고 궁금한 것은 많지만 아는 것이 없는 현실 속 '몸부림'이었으며, 밤새 달려온 기차의 목쉰 기적소리처럼 피로에 지친 나는 아침에서야 비로소 사람들이 움직이는 분주한 세상을 내려다본다. 기차의 기적소리를 붉은 카펫으로 시각화했고, 남국의 햇살이 쏟아지는 가운데 검게 탄 피부에 흰옷을 입은 깡마른 사람들인 역사驛舍의 노동자들을 바라보며, 하얀 나비떼가 내려앉는 것 같은 목련꽃으로 빗대어 놓았다. 그렇게 바라보니, 시끌벅적한 인간세상이 햇빛을 받는 목련처럼 눈이 부셨던 것이다[14~15연 17행].

 나는 지금도 숨이 차지만 곧잘 이 시를 소리 내어 읽곤 한다. 무디어져 가는 내 감각적 인지능력을 두려워하면서, 이처럼 어떤 대상을 아주 높은 곳에서 내려다보거나 멀리 서서 바라보아야 전체를 볼 수 있는데 그것들을 이미지로써 조형해 내기란 여간 쉽지가 않다. 특히, 대상의 겉모습인 모양새를 가지고 유추하거나 환기시켜주는 다른 이미지와 결부시켜 놓는 일은 크게 어렵지 않으나 그 대상과 관련된 속 이미지인 사상성을 밖으로 이끌어내는 일은 결코 쉽지가 않다. 감각적 인지능력과 깊은 사유가 전제되어야만 가능한 것이기 때문이다.

-2017. 03. 16.

죽음이 있기에 인간 삶이 거룩해질 수 있으며,
그 의미가 더욱 깊어지는 것이다.

-이시환의 아포리즘aphorism 42

적상산에서
赤裳山

울긋불긋 다홍치마를 두른
너의 치맛자락 속으로 기어들어가
숨소리조차 납작하게 짓눌러 놓았건만
가슴 두근거리는 바람에
끝내는 들통 나고 말았네.

나는, 두 손 꽁꽁 묶인 채
어디론가 압송되어 가는데
버려진 토담집 감나무에
주렁주렁 매달린 홍시마냥
눈시울만 붉어져 있네.

– 2017. 11. 11.

*적상산(赤裳山) : 전북 무주군 적상면에 있는 산으로 해발고도 1029미터인데,
옛 사람들은 이곳의 단풍이 하도 붉고 고와서 붉은 치마를 두른 산이라 하여
'적상산'이란 이름을 붙여 주었다 한다.

생략이라는 기교의 효과
省略

이 작품은 나의 최근작으로 아주 짧은 시간에 쓰여진 것이다. 아주 짧은 시간이라 함은, 온전히 탈고하는 데에 걸린 시간이, 그러니까 처음 생각해서 이 원문 그대로 마침표를 찍기까지 하루 정도가 소요된 것 같다. 그렇다고, 하루 종일 내내 이 문장만을 가지고 고민했다는 뜻은 아니지만.

이렇게 탈고해 놓고 보니 내 눈에는 그런대로 만족스러웠다. 그래서 나는 가까운 문우들이 볼 수 있도록 카스[카카오스토리]에 올렸다. 그러자 며칠이 지나서 어느 작가가 내게 카톡[카카오 톡] 문자를 뜬금없이 보냈다. 그 내용인 즉 '기막히게 아름다운 시를 보았다'며 '앞으로 많이 배우겠다'고 했다.

흔히 그러하듯이, 우리는 대개 남의 작품을 읽고 립 서비스 비숫한 말들을 즐겨하는 경향이 있다. 솔직하게 얘기를 하면 상대방이 불편하게 여길까 싶어 무조건 적당히 말해 두는 편을 택하는 경우가 많다는 뜻이다. 나는 그분과의 친분이나 평소 관계를 고려해 볼 때에 문자 내용이 상투적인 립 서비스는 아닌 줄 알지만 조금은 서운했던 것이 사실이다. 왜냐하면, 정말로 기막히게 아름답다고 느꼈다면 무엇이 그렇게 느끼게 했는지 한 마디 정도만 보탰어도 의심의 여지없이 기분이 좋았을 터인데 바로 그 점이 아쉬웠다. 물론, 나는 지금도 이 작품이 왜, 그 사람에게 기막히게 아름답게 느껴졌는지를 단정적으로 말할 수 없다.

그리고 며칠 더 지나서, 나는 새 시집을 펴내기 위해서 이 작품을 포함하여 원고를 정리하고, 그것을 심종숙 문학평론가에게 이메일로 보냈었다. 심 문학평론가는 나의 모든 시작품을 다 읽고서 묵직한 책[니르바나와 케노시스에 이르는 길, 신세림출판사(서울), 2016, 576쪽]을 펴낸 사람이기에 예의상 보내야 했었는데 그분은 자신이 무언가 글을 쓰겠다고 의사 표명을 분명하게 해왔다. 그래서 나는 좋다고 했다. 이윽고 평문이 도착했고, 심 문학평론가를 초청하여 식사를 함께 하면서 모처럼 시에 관한 많은 대화를 나누었다. 그런데 이 작품에 대해서 자신의 평문에서는 일체의 언급이 없었지만 대화 속에서는 섹슈얼리즘sexualism과 관련하여 글을 쓰고 싶었지만 쓰지 못했다고 했다. 그래서 나는 이 작품과 관련하여 자연스럽게 약간의 속내를 노출시켰다.

나는 발음하기도 쉽지 않은 '적상산赤裳山'이라는 산 이름[단어]에 귀를 기울였고, 실제로 그 산에 가보니 산세山勢도 위풍당당했지만 울긋불긋한 단풍이 대단했었다. 오늘날은 차로 정상까지 쉽게 오르내릴 수 있지만 차가 없고 길조차 나지 않았을 때에는 산에 오르는 일이 쉽지 않았을 거라는 생각도 들었다. 사람들이 살고 있는 저 아래에서 바라보면 산 전체가 붉은 치마를 두르고 있는 아름다운 여인쯤으로 생각될 수도 있겠다는 판단도 자연스럽게 내려졌다. 오늘의 나는 차를 타고 정상에 오르며 나름대로 산세를 느끼고 그 굽이굽이 단풍을 보았지만, 그리고 전망대에까지 올라가 사방을 두루 내려다보았지만, 만약에 아무도 없는 가운데 나 홀로 저 밑에서부터 걸어 올라왔다고 상상하니 순간적으로 '묘한' 생각이 들었다. 그 묘한 생각이란, 커다란 치마를 걸치고 있는 여인의 사타구니 속으로 내가 기어 들어가 숨어 있다고 여기자 그에 따른 정서적 반응이 거의 동시에 일어났다는 사실이다. 그 정서적 반응이란 독일의 작가 귄터 그라스의 노벨문학상 수상작이었던 「양철북」의 주인공인가, 예의 그 꼬마 녀석이 생각났으며, 그는 어느 풍만한 여인의 치맛자락 속으로 기어들어가 뒤쫓아 오는 경찰을 따돌리는 데에는 성공했지만 그 여인의 음부에서 나는 이상야릇한 냄새를 맡아야 했던 상황으로 오버랩overlap 되기도 했지만 사실, 나는 대자연의 음부에 들어와 생명의 경이로움과 그 기쁨을 즐기느라고 죄를 짓는 상황으로까지 상상하며, 그와 연계시키고 있었다.

그래서 나는 무릎을 치면서, 울긋불긋 단풍으로 물든 적상산에 들어온 나의 행위를 붉은 치마를 걸친 여인의 사타구니 속으로 기어들어가는 것으로 동일시했고, 그 속에서 무슨 나쁜 짓을 했는지 스스로 죄인이 되어 붙잡히어 끌려가는 형국으로 묘사해 냈던 것이다. 단풍이 하도 곱고 밑에서부터 위까지 파노라마처럼 펼쳐지는 울긋불긋한 물결에 탄복하여 숨을 죽인다고 죽였지만 두근거리는 심장 때문에 치맛자락 속으로 숨어든 자신이 결국 들통 나고 마는 상황으로 그려 낸다고 했던 것이다. 그러나 왜 숨어들었는지, 무슨 죄를 지었는지, 어디로 끌려가는지, 끌려가면서 왜 눈시울이 붉어졌는지, 저간의 속사정이 다 생략되었기에 독자는 오히려 임의로 상상할 수밖에 없을 것이다.

　만약에 시적 화자가 왜 죄인이 되었으며, 왜 눈시울이 붉어졌는지를 구구절절이 다 설명했다면 시가 되지 못했을 것이다. 이처럼 문장의 어구나 단어를 생략해서 독자의 상상력으로 채우는 문장에서의 생략省略이 아니라, 전개되는 상황의 인과관계 자체가 부분적으로 생략되어서 그 부분을 독자들이 임의로 상상하고 생각하면서 채워 넣는, 보다 큰 생략법을 부림으로써 독자의 상상력에 적극적으로 날개를 달아주는 효과를 보고 있는 셈이다.

　문제는, '숨 막히도록 아름다운 단풍의 적상산을 이 작품이 과연 적절하게 그리고 효과적으로 드러내 놓았느냐?'인데 이 부분에 있어서는 독자들마다 달리 가지는 '눈'과 '그릇'에 맡기어질 따름이다.

-2017. 11. 30.

좌선 · 2
坐禪

난생 처음 보는,
하얀 코끼리 한 마리가,

그것도 몸집이 집체만하고
힘도 세어 보이는 코끼리가

놀랍게도 일곱 빛깔 연꽃 위로
성큼성큼 걸어온다.

지상의 눈들이,
천상의 손길이,

그 눈부신 코끼리에 쏠린 탓일까,
그 깨끗한 연꽃으로 쏠린 것일까,

세상은 온통
백짓장처럼 조용하다.

그 숨죽인 세상 가운데에서
나 홀로 돌아앉아 눈을 감으니

천리 밖의 소리 다 들리고
마음 속 불길까지 훤히 내다보인다.

– 2017. 01. 01.

삼매 속에서의 관조
三昧 　　　　　　　觀照

　이 작품은, 전체 8개 연聯에 16행行으로 짜여 있는데 2행씩이 1개
연으로 균일하다. 하지만 문장으로 치면 딱 두 개뿐이다. 첫 문장
은 '난생 처음 보는,'에서 '백짓장처럼 조용하다.'까지(제1행~제12행)이
고, 두 번째 문장은 '그 숨죽인 세상 가운데에서'부터 '마음 속 불
길까지 훤히 내다보인다.'까지(제13행~제16행)이다. 그런데 이 두 개의
문장이 모두 16행 8개 연으로 구분되어 있어서 천천히 읽도록 되
어 있다.

　그 내용을 보자면, 첫 문장은 불교적 상상력으로써 구축된 초
현실적·초자연적인 세계이다. 하얀 코끼리·일곱 빛깔 연꽃·천상
天上 등의 시어詩語가 다 불교 경전에 나오는 용어用語들로서 함의
含意를 지녔고, 더욱이 집체만한 코끼리가 일곱 빛깔의 연꽃 위로
걷는다는 것은, 사람이 물위를 건는다는 것 보다 귀추歸趨가 주목

되는 초자연적 현상으로서 현실적으로는 불가능한 일이지만 종교적으로 각별한 의미가 부여되어 있다. 여기서 '각별한 의미'라는 것은, '전지전능全知全能' 혹은 '일체지一切智'라는 신성神性 곧 신神의 능력 없이는 존재하기 어려운 일임을 염두에 두었다는 뜻인데 우리 인간으로서는 그저 상상으로나마 그려볼 수 있는, 논리와 상식을 초월해 존재하는 영역의 현상인 것이다.

그런데 지상의 인간세상뿐만 아니라 천상에서까지 그러한 모습을, 다시 말해, 흰 코끼리가 일곱 빛깔의 연꽃 위로 걸어오는 모습을 지켜보고 있다. 더 구체적으로 말하자면, 인간세상에서는 신기해서 혹은 놀란 듯이 숨죽이고 지켜보고 있고, 천상에서는 초능력을 지닌 존재의 힘이 작용하고 있다는 '인식認識' 내지는 '믿음'이 깔려 있어서 엄숙하기까지 하다. 그래서 "지상의 눈들이,/천상의 손길이,//그 눈부신 코끼리에 쏠린 탓일까,/그 깨끗한 연꽃으로 쏠린 것일까,"라고, 추측推測이 내재되어 있는 약한 단정적인 판단을 내리고 있는 것이다.

문제는, 그 결과가, "세상은 온통/백짓장처럼 조용하다"는 것인데, 그렇다면, 시적 화자는 왜, '세상이 온통 백짓장처럼 조용하다'고 느꼈을까? 물론, 여기에는 두 가지 이유가 있다. 하나는, 집체만한 코끼리가 일곱 가지 빛깔의 연꽃 위로 걸어온다는, 말도 안 되는 초자연적인 현상을 지상에서는 놀란 눈으로 지켜보느라고 숨 죽여 긴장했을 터이고, 천상에서는 그런 초자연적 현상을 가능하게 하기 위해서 초능력을 가진 존재의 손길, 혹은 입김이 가해지느라고 정밀靜謐한 가운데 집중되어 있으리라고 여긴 것이다. 바로, 그렇기 때문에 땅과 하늘이 다 같이 숨죽이고 있는 상황이 되었고, 그것을 그렇게 표현한 것이다. 다른 하나는, 화자話者가 이미 '삼매三昧'에 들어가 있다는 사실을 반영했고, 동시에 그 결과를 기술한 것이기 때문이다. 여기서 말하는 '삼매'라는 것은, 어느 한 가지 '대상對象' 혹은 '세계世界'에 대하여 관심을 집중시키고, 그것 외에 다른 일체의 감각적 지각활동이나 사유를 중지하면(혹은, 못하게 되면) 그 관심 권 안에서의 환각幻覺을 불러일으킬 정도로 그 대상이나 그 세계 속으로 몰입이 되어 있는 심신心身의 상태를 말한다.

바로 그런 삼매(숨죽인 세상:13행)에 들어가 머물면서(돌아앉아 눈을 감으니:14행) 지각 되었던 바, 주관적 진실을 "세상은 온통/백짓장처럼 조용하다"는 것과, "천리 밖의 소리 다 들리고/마음 속 불길까지 훤히 내다보인다"라는 말로써 삼매에 든 화자에게 지각된 결과를 담아 놓았다. 그렇다면, 우리는 여기서 '천리 밖의 소리가 다 들린다'는 말의 의미意味와, '훤히 내다보이는 마음 속 불길'이라는 것의 진의眞意를 이해하는 것이 이 작품에서의 핵심을 이해하는 일이 된다는 사실을 부정할 수 없으리라 본다.

그러나 그것까지 여기에 풀어 놓으면 자칫, 화자로 분장한 내 자신의 명상 세계에 대한 자화자찬自畵自讚밖에 되지 않기 때문에 망설여지는 게 사실이다. 명상을 해온 나로서 불교적인 지식과 상상력이 작용하여 특정 삼매에 들어가 초자연적 현상을 스스로 지어[作(작)] 보게 되었고, 동시에 그런 상황을 스스로 멀리하고(혹은, 물리치고) 홀로 돌아앉아서 자신의 정황을 내려다보면서[觀照(관조)], 열리는 천이天耳·천안통 天眼通의 세계를 함축적으로 읊조린 것이라 할 수 있다. 이렇게까지 사족蛇足을 그려 넣어도 궁금증이 많은 사람들은 내게 묻고 싶을 것이다. '그 때에 당신의 귀로써 들었다는 천리 밖의 소리는 어떤 소리이며, 당신의 눈으로써 보았다는 마음 속 불길은 또 무엇이냐?'고 말이다.

이렇게 질문하는 집요한 사람들을 위해서 굳이 덧붙여보겠다. 곧, '천리 밖의 소리가 다 들린다'는 것은, 삼매에 든 이의 입장에서의 말인데, 이는 현재 그의 귀로 들리는 소리나 천리 밖의 세상에서 일어나지만 들리지 않는 소리나 그 양태[소리의 크기 음색 등]와 개별적인 내용은 다를 수 있지만 그것들의 본질은 다르지 않다는 뜻에서 한 말이다. 그리고 '마음 속 불길까지 훤히 내다보인다'는 것은 삼매자 자신의 몸과 마음에서 일어나는 온갖 욕구와 사유와 지각 활동 일체를 관찰자처럼 제3자 시각에서 내려다보고 있다는 뜻으로 자신을 통해서 생명(체)의 본질을 꿰뚫어보고 이해했음을 뜻한다. 이러한 배경에서 이 시가 태동되었는데 과연 독자도 그렇게 느끼고 그렇게 생각해 줄지는 알 수 없는 일이다.

－2017. 12. 01.

검은 돌에서 검은 모래 나오고
흰 돌에서 흰 모래 나오듯,
붉은 돌에서 붉은 모래 나온다.

-이시환의 아포리즘aphorism 44

산행일기·8

-노목老木에 만개한 꽃들을 바라보며

말하지 마라.
울지도 마라.
말하지 않아도 나는 안다.
비록, 굽고, 휘어지고, 뒤틀렸다만
더욱 단단해진 몸으로
황홀하게도 꽃을 피웠구나.

그동안 살아오면서
갈증에 목이 얼마나 타들어갔는지,
강풍에 얼마나 시달리고 꺼둘렸는지,
엄동설한에 얼마나 떨며 얼어붙었는지를
내가 알고 네가 아나니
말하지 마라.
울지도 마라.

세상의 온갖 풍파를
온몸으로 견디어내고 이겨낸
너의 깊은 눈빛 같은 꽃들을 바라보면서
말을 해도 내가 하고
울어도 내가 대신 울리라.

- 2017. 06. 22.

21

한 그루 철쭉나무를 통해서
사람을 읽다

이 작품은 '산행山行 일기日記'라는 연작시 가운데 한 편이다. 산행일기 연작시는 산행을 통해서 직간접으로 경험한 내용을 작품의 중심소재로 한 것들이다.

나는, 지난 2017년 5월 말경에 만 40년 만에 지리산 '화대구간(전남 구례 화엄사에서 경남 산청 대원사까지)'종주를 감행했었는데, 그때 본 철쭉나무 한 그루를 잊을 수 없었다. 어느 바람 많은 능선 상에 뿌리를 내려 더디게 자라보였지만 수령이 아주 오랜 된 듯 철쭉의 줄기는 굵고, 가지마다 뒤틀리고 더러는 꺾였지만 그야말로 옹근 기운이 느껴졌다. 그 철쭉나무를 바라보는 순간, 심신心身이 강건한 늙은 도인道人에게서나 느껴지는 '아우라'라고나 할까, 강력한 기운이 내게 전이轉移 되는 것 같았다.

더욱이 그 나무에 만개滿開한 꽃들이 장관이었는데, 어떤 면에서는 혼신의 힘을 다 쏟아 부어 윤기 도는 꽃들을 주렁주렁 피워내 매달고 있다는 생각이 들면서 돌연 눈물이 났다. 눈물이 난 것은 온갖 고난을 이겨내며 열심히 살아가는, 건강한 사람들의 삶과 오버랩 되면서였다. 그 나무는 곧 내 머릿속에 각인되었고, 나는 자연스럽게 그 나무에게 인성人性을 부여하고 있었다. 그런 탓인지, 이 작품은 단 몇 시간 만에 탈고되었는데, 써놓고 보니 내 속까지 후련해졌다.

그런데 예상외로 이 작품을 읽는 사람들의 반응이 좋았다. '이 작품의 무엇이 공감되었을까?' 내가 아무리 생각해 보아도 별다른 게 있지는 않은 것 같은데 그 이유가 궁금해졌다. 굳이 찾아낸다면, ①활짝 핀 꽃들을 세상의 온갖 풍파를 온몸으로 견디어내고 이겨낸 사람의 깊은 눈빛으로 빗대었다는 점 하나와, ②오늘이 있기까지 험난했던 지난날들을 뒤돌아보면 누구나 눈물이 절로 나겠지만 그런 당사자 앞에서 울지도 말고 말하지도 말라면서 울어도 내가 울고 말을 해도 내가 대신하겠다는 화자의 태도와 마음 씀씀이에 나타난 동병상련同病相憐의 자비慈悲가 있을 뿐이다.

그 동병상련의 자비심 때문에 동정점수를 받은 것일까? 물론, 그럴 수도 있다. 나는 나 자신에게 물어본다. 이 시를 써놓고 나서 왜 마음이 후련해졌는가를. 그것은 아마도 온갖 고난 속에서도 굴복하지 않고 오히려 더 꿋꿋하게 더 당당하게 살아가는, 그래서 저 화려한 꽃들을 마침내 피워낸 철쭉처럼 고난을 극복한 자 곧 승리자의 환희를 떠올리면서 그 노고에 박수를 보내고, 그 결과에 함께 기뻐하는 마음이 일렁이면서 의당 나 자신도 그래야 한다는 생각이 들었기 때문일 것이다.

솔직히 말해, 나는 이미 내 아포리즘을 정리한 『생각하는 나무』(2016. 신세림출판사) 라는 책속에서 사랑 혹은 자비를 이렇게 정리했었다. "내가 웃으면 네가 울고, 네가 울면 내가 웃는 것이 경쟁사회에서의 사람과 사람 사이의 이해관계이나 함께 웃고 함께 우는 것이 진정한 사랑이요, 자비다.(이시환의 아포리즘·110)"라고, 그리고 "진정한 사랑이란 나를 포기하는 것으로부터 시작하고, 나를 버리는 것으로써 완성된다.(이시환의 아포리즘·111)"라는 말로써 말이다.

꼭 이런 거창한 말보다는, 대상 혹은 상대에 대한 관심과 이해하기 위한 노력을 전제로 '함께 웃고 함께 우는 관계'가 곧 자비이고 사랑이라는 상식적 수준에서의 의미가 '대신해서 울고 대신해서 말해주겠다'는 시적 화자의 태도를 낳았다고 말할 수 있을 것이다. 따라서 이 소품은 온갖 시련을 딛고 화려한 꽃들을 피워낸 늙은 철쭉나무를 통해서 숱한 고초를 견디어내고 이겨낸 인간 승리자의 삶을 떠올림으로써 동일시했고, 또한 그런 삶을 살아가는 많은 사람들에 대한 응원應援이자 찬미讚美인 셈이다.

-2017. 12. 14.

구기계곡으로 하산하며

봄은 징검다리 건너듯
조심조심 오시는데

나는 한눈파느라
동토凍土에서 한 걸음도 떼지 못했네.

- 2018. 03. 16.

독자의 '눈'과 '그릇'대로
해석되는 시

단 한 개의 문장으로 이루어진 이 짧은 시를 30여 초 만에 메모해 두었다가 그대로 가까운 문우들에게 카카오 톡 문자를 보냈더니 반응들이 제각각이었다. 나의 시 제일 독자인 집사람은, '이렇게 짧고 쉬운 시가 좋다'고 칭찬을 아끼지 않는가 하면, 나의 시 전체를 분석적으로 읽고 평론집까지 펴낸 심종숙 문학평론가는 '관용어와 한자어는 배제하는 것이 좋겠다'는 의견을 제시해 주기도 했다. 그런가하면, 어떤 애독자는 '동토에서 하루빨리 나와 봄을 맞으라'고 위로 격려해 주기도 했고, '동토凍土가 해토解土 되면 그대는 꽃 속에 묻히리'라며 오히려 동토에 머물러 있음에 애써 의미를 부여해 주기도 했다.

이처럼 단 한 개의 시 문장을 읽고도 생성되는 느낌이나 감정이나 의미 판단 등은 독자마다 다르게 나타난다. 독자마다 다른

'눈'으로써 보고, 독자마다 다른 '그릇'으로써 담아 가기 때문이다.

나는 이 시를 창작한 사람으로서 시가 '아주 좋다'도 아니고, 그저 '괜찮다' 정도로 여기고 있다. 그런데 한 번쯤 생각해 볼만한 의미가 있다고 판단되어 스스로 해설을 붙이고 있지만 가급적 간단명료하게 말하고 싶다.

이 소품은 단 한 개의 문장이 2개 연에 4행으로 짜여져 있다. 이 문장의 주어는 '봄'과 '나'이다. 내용으로 보면, 봄은 오는데 나는 동토凍土에 붙잡혀 있다는 것이다. '그래서 어쩌란 말인가?'라고 시큰둥한 반응을 보이는 이도 있을 것이다. 시에서의 화자는, 그에 대해 아무런 반응이 없다. 다만, 봄이 오는데 어떻게 오며, 동토에 머물러 있는데 왜 그러한가를 설명하고 있을 뿐이다. 곧, 봄은 징검다리를 건너듯 조심조심 온다는 것이고, 나는 한눈을 파느라고 동토에서 한 걸음도 떼지 못했다고 했다.

그렇다면, 이런 질문이 가능해질 것이다. 곧, 화자인 나는 동토에서 한 걸음도 떼지 못할 정도로 붙들려 있는 이유가 바로 '한눈팔기' 때문인데 '그만큼 나의 시선을 붙잡아 두는 것이 있다면 과연 그것은 무엇인가?'이다. 사실, 이 작품을 읽고 이런 질문을 하는 사람이 시를 제대로 읽었다고 말할 수 있으리라 본다.

그러나 화자는 끝까지 말하지 않고 있다. 그래서 독자 나름대로, 임의로 상상할 수밖에 없다. 그러다보니, 여러 가지로 말해지는 것이다. 어떤 이는, '동토凍土'를 시인 자신이 평생 머물고 있는 척박한, 혹은 부정적인 문학의 텃밭이라고 이해했고, 다른 어떤 이는 동토에서 볼 수 있는 기이함 혹은 아름다움이라고도 했다. 또 어떤 이는 동토에서 꿈틀대는 봄의 기운 같은 생명력이라고도 했다.

　하지만 이 시를 쓴 나는, 동토凍土 곧 얼어붙은 땅이 가지는 자연현상으로서의 아름다움이요, 동시에 그곳에서 살아가는 뭇 생명들의 뜨거운 숨결을 전제했었다. 사시사철 매주 한 차례씩 산행을 지속해온 사람으로서 자연스럽게 느끼고 생각했던 것처럼 말이다. 결국, 독자들이 말하는 내용들이 표현은 조금씩 다르지만 크게 틀리지 않다는 생각이 들었다. 설령, 다르다 해도 상관없다는 생각이 들기도 했다.

　바로 이 대목에서 나는, 시가 독립적인 존재라는 사실을 재확인했다. 같은 시 문장 하나를 놓고 독자마다 다르게 느끼고, 다르게 생각하며, 다른 정서적 반응을 보이는 것은 얼마든지 있을 수 있는 일이다. 독자마다 달리 가지는 '눈'과 '그릇'이 있고, 그것에 맞게 시가 담기기 때문이다.

심종숙 문학평론가가 지적한 대로, '동토凍土'는 한자어임에 틀림없고, 많은 시인들의 시를 읽어온 사람들은, 다시 말해서, 책상 앞에서 오랫동안 시를 분석해온 사람들은, '동토는 얼어붙은 땅이요, 자유自由 대신에 압제壓制가 있는 절망적인 상황 속에 놓인 사회나 국가라는 고정관념으로 읽고 재단하기 때문에 동토를 관용어慣用語로 보는 것이다. 엄밀한 의미에서 이것도 일종의 주입식 교육의 폐단이라고 나는 생각한다. 언어도 유행을 타기 때문에 평론가가 할 수 있는 지적이라고는 생각하지만 중요한 것은 한 편의 시에서 동원된 시어들이 가지는 앞뒤 문맥상에서 가지는 독립성과 적절성의 정도라고 생각한다.

마치, '봄이 온다'와 '봄이 오신다'는 표현에서 그 내용은 같지만 많은 차이가 있듯이 시어詩語 하나하나가 문장 속에서 제 구실을 다할 때에 의미 전달이 효과적으로 잘 되고, 또한 그럼으로써 독자의 정서적 반응을 불러일으키는 것이다.

이 소품의 주제가 분명하게 부각되지는 못했지만 의인화된 채 조심스럽게 징검다리를 건너듯이 오신다는 봄과, 동토에서 한 걸음도 떼지 못하고 있는 나의 대비는 그 자체로서 숨겨진 의미에 대하여 많은 상상을 하게 하는 여지가 크다는 점에서 읽을 만하다고 나는 감히 말하고 싶다.

-2018. 03. 26.

바다가 솟아올라 산이 되고 땅이 내려앉아 바다 되었듯이,

산이 바다 되고 바다가 뭍이 될 날이 있으리라.

-이시환의 아포리즘aphorism 46

靜默治道
정묵치도

쓸쓸하기 그지없는
외진 바닷가 횟집 안에 내걸린
초라한 목판조각에 새겨진
네 글자, 靜默治道정묵치도가 어른어른
등 굽은 노인양반처럼 지팡이를 짚고서
내게로 다가오네.

아침나절에 배를 타고 나가
낚시로 잡은 물고기만을 저녁에 판다는
주인 내외가 차려준 한 상을 받고 보니
내게는 분명, 분에 넘치고 넘치나
깊은 바다의 싱싱함이 물씬
입 안 가득 넘실거리네.

그 맛에 홀리고
그 인심에 반하고
그 우스갯소리에 시간 가는 줄 모른 채
그 '한 잔만 더'에 취해서
그 집을 나와 갯바람을 쐬는데
내 둥둥거리는 발걸음마다
얕은 바닷물이 철썩, 철썩거리네.

깊은 바다 속 풍파를 다 짓눌러 놓고
아니, 아니, 세상 시끄러움을 깔고 앉아서
두 눈을 지그시 내리감고 있는,
靜默治道정묵치도 난해한 네 글자가 제각각
한 폭의 그림 속 백발의 늙은이 되어
비틀비틀 내게로 다가오네.

– 2018. 08. 14.

자연(自然)은 균형을 지향하고,
균형(均衡)은 최고의 선(善)이다.

선은
돌 하나를 올려놓아도 무너져 내리고,
돌 하나를 빼어내어도 무너져 내리고 마는
긴장이요, 아름다움이다.

-이시환의 아포리즘aphorism 47

靜默治道

시인보다 나은 독자의 심안
心眼

이 작품을 읽고 여러 문사께서 개인적인 소회를 밝혀왔으나 그들 가운데 두 분의 말이 내 뇌리에 오랫동안 기억되어 있다. 곧, ①"이야기가 있고, 시가 있고, 시가 그림을 그리며, 깨달음을 주는 아름다운 시"라는 말과, ②"길을 다스리는 것은 '정묵靜默'인데, 그 정묵이 '지팡이를 짚은 백발 늙은이'로 길을 걸어오고 있군요. 나로 하여금 저절로 무릎을 치게 만든다."라는 호평好評이 그것이다. 지금 이 순간 이 작품을 읽고 난 당신은 진실로 어떤 느낌이 들었으며, 어떤 생각을 할 수 있는가?

보다시피, 이 작품은 전체 4개 연 25행으로 짜여진, 너무나 쉽게 쓰여진 것이다. 제1연은 6행으로 시적 화자話者가 있는 곳과 그 화자가 눈길을 주는 대상이 무엇인지를 설명하고 있다. 곧, 화자는 외진 바닷가 쓸쓸한 횟집 안에 있고, 그 화자는 횟집 안에 내걸린 목판에 새겨진 네 글자에 눈길을 주고 있는 정황이다. 그런데 재미있는 것은, 그 네 글자가 다름 아닌 '靜黙治道정묵치도'이고, 그 글자의 모양새가, 다시 말해 서체書體가 등 굽은 노인양반이 지팡이를 짚고서 걸어오는 모습으로 연계되어 형상화됐다는 점이다. 그러니까, '靜黙治道정묵치도'라는 네 글자의 글꼴이나 그 의미 등이 노인양반과 얼마나 자연스럽게 어울리느냐가 수사修辭의 성패를 결정짓는다 해도 과언이 아니다. 위 두 번째 호평이 바로 이 점을 염두에 두고 한 말이 아닐까 싶다.

제2연은 6행인데 화자의 관심사항이 제1연의 '정묵치도'에서 횟집 주인의 '일상'과, 그가 차려준 한 상床 곧 회膾가 되겠지만 '음식'으로 바뀌어 있다. 곧, ①주인은 아침에 배를 타고 나가 바다에서 낚시로 잡은 물고기를 저녁에 판다는 것이고, ②그 회 맛을 두고 '깊은 바다의 싱싱함이 입 안 가득 넘실거린다' 했으며, ③그런 음식을 먹기에는 스스로 분에 넘친다는 소회를 드러내었다. ①은 객관적 사실일 뿐이고, ②는 입안에서 씹히는 회의 맛깔과 싱싱함에 대한 화자의 주관적인 표현이고, ③은 화자의 심성이랄까, 평소 생활을 짐작하게 하는 단서가 될 뿐이다.

제3연은 7행인데 제2연의 내용을 이어 받아서 좀 더 구체적인 정황 묘사가 이루어지고 있다. 곧, 회와 술을 먹고 마시는 장내의 정황과 그 분위기가 함축적으로 묘사되고 있는데 ①회의 맛과, 주인의 인심과, 우스갯소리와 권주勸酒 등으로 취했다는 단순 사실이 기술되고 있다. 그리고 ②그 취기를 다스리려 밖으로 나와 갯바람을 쐬며 걷는 동안에 지각된 화자의 감각적 인지認知 세계가 묘사되어 있는데 그것이 압권이다. 곧, "내 둥둥거리는 발걸음마다/얕은 바닷물이 철썩, 철썩거리네"인데, 이 문장 하나에서 독자는 여러 가지를 짐작할 수 있기 때문이다. 곧, '둥둥거리는 발걸음'은 화자의 취기 정도와 기분을 헤아릴 수 있게 하고, 그런 '발걸음마다 얕은 바닷물이 철썩거린다'는 주관적인 판단이 독자를 무한한 상상력의 세계로 이끌어간다. 취기가 달아오른 내 발걸음과 얕은 바닷물이 일정한 시차를 두고 철썩거리는 것은 서로 무관함에 틀림없지만 마치 양자가 호응하는 관계가 있는 것처럼 화자가 인식한 것은 주관적 진실로서 객관적 사실이 아니지만 그 주관적 진실이 담아내는 세계에 대해서 독자는 스스로 사유의 진폭을 확대해 갈 수 있는 것이다. 여기서 굳이 사족蛇足 같은 한마디를 덧붙이자면, 우리가 남의 시를 읽는다는 것은 객관적인 사실을 읽는 것이 아니라 시인의 주관적인 진실을 읽는 것임을 알아야 한다. 그렇다고 해서, 한 편의 시가 전적으로 그런 주관적 진실만으로 엮어지는 것이 아니고 그조차 객관적인 사실에 대한 판단을 전제로 나오는 것임을 알아야 할 것이다.

제4연은 6행인데 화자의 논점이 본래의 자리로 돌아가 있고, 이를 부추긴 매개물이 있다면, 그것은 철썩거리는 얕은 바닷물과 숱한 생명을 기르는 깊은 바다 속을 연계시켜서 보이는 바다와 보이지 않는 바다를 동시에 꿰뚫어보고 있다는 점이다. 곧, 화자는 이미 취해서 둥둥거리는 걸음을 떼고 있지만 그의 머릿속에서는 '靜默治道정묵치도'에 대해서 줄곧 생각하고 있고, 그 결과 靜·默·治·道 네 글자 하나하나가 각기 그림 속 백발노인이 되어서 비틀비틀 자신에게로 걸어오고 있다고 지각했다. 물론, 이런 감각적 인지가 자연스럽게 가능해진 것은, 표면은 잔잔한 바닷물이지만 그 속은 요동치는 생명의 역사가 있음을 먼저 인지했기에 그 백발노인을 "깊은 바다 속 풍파를 다 짓눌러 놓고/아니, 아니, 세상 시끄러움을 깔고 앉아서/두 눈을 지그시 내리감고 있는" 모습으로 그려 내었고, 그런 모습이 바로 '靜默治道정묵치도'의 의미라고 해석한 것이다.

전체적으로 보면, ①"이야기가 있고, 시詩가 있고, 시가 그림을 그리며, 깨달음을 주는 아름다운 시"라고 평한 어느 독자의 말[첫 번째 평]처럼, 낚시로써 물고기를 잡아 회膾로 파는 어부의 삶이 그려져 있고, '靜默治道정묵치도'의 난해한 말의 의미를 백발노인이 깊은 바다 속 풍파를 짓눌러 놓고 세상의 시끄러움을 깔고 앉아서 지그시 눈을 감고 있는 장면으로 형상화했기에 이해하기 쉬어 깨달음을 주었다 할 수도 있으며, 외진 바닷가 초라한 횟집과 얕은 바닷물이 철썩거리는 고적한 풍경이 있기에 '시가 그림을 그린다.'라고 말할 수 있는 것이다.

-2018. 09. 28.

인간의 오만한 문명조차도
자연이 허락하는 범위 안에서 존재할 뿐이다.

-이시환의 아포리즘aphorism 50

'극락교'라
이름 붙여진 돌다리를 건너며

이 깊은 강을 건너면
피안彼岸에 이르는가.
이 흔한 다리를 걸어서 가면
극락세계에라도 당도하겠는가.

나룻배를 타고서
거친 물길을 헤쳐 갈까.
두 발로 걸어서
안전하게 돌다리를 건너갈까.

그대 말대로라면,
누군들 마다하겠으며
이 극락교 앞에서 머뭇거릴
중생이 또 어디 있겠는가.

하지만 피안에 이르고
저 극락세계에 당도해 보시라.
제 아무리 강물에 몸을 씻고 마음 씻었어도
먹고 마시고 입고 자야하는
고단한 차안此岸의 속세와 다를 바 없네.

비록, 부처님이 한 가운데에
높이 앉아 계시지만
그것은 더더욱 빈 그림자일 뿐이고
김이 모락모락 피어오르는 것 같은
그림의 떡일 따름이네.

그놈의 떡 한 조각이라도 맛을 볼라치면
복전함에 주머닛돈부터 먼저 털어 넣어야 하니
극락을 먹여 살리는 것도
속세의 때 묻은 돈이 아니면
피 묻은 더러운 돈이라네.

– 2017. 12. 18.

무질서는 질서를 낳고, 격식은 파격을 낳는다.

−이시환의 아포리즘aphorism 51

피안 극락세계조차도
빈 그림자이자 그림의 떡일 뿐

이 작품은 내 스스로 좋은 작품이라고 내세울 만한 것이 결코 되지 못한다. 그런데 이 작품을 습작習作하고서 '동방문학' 밴드에 처음 올렸을 때에 강상기(1946~) 시인께서 돌연 '폭풍 공감합니다'라는 짧은 댓글로써 격려해 주었던 일이 생각난다.

내 스스로 뒤돌아보면, 시작詩作 초기에는 이 작품처럼 비교적 나의 주장이 짙게 반영되는 의미 판단 중심의 시를 썼지만 알고 보니 그것들은 다른 사람들에게, 그러니까 시를 읽는 사람들에게 정신적인 부담을 안겨주는 일이기도 했다. 그래서 나의 주장은 가급적 우회적으로 혹은 간접적으로 하려고 노력해 왔다. 어차피, 시를 통해서 누군가를 가르치거나 훈계할 뜻이 없을 뿐더러 그것이 목적이라면 이미 다른 길을 선택했어야 옳기 때문이다. 그럼에도 불구하고, 간혹 이 작품처럼 뼈있는 말로써 어떤 대상을 드러내어 비판하고, 그 위장된 진실을 까발리어 놓거나 생각하게 함으로써 스스로 쾌감을 누리는 버릇이 자기도 모르게 고개를 들곤 하는 것도 사실이다.

나는 그동안 우리가 '성경'이라고 부르는 예수교 경전을 읽고 분석하여 『예수교 실상과 허상』(2012.04. 896쪽, 신세림출판사)이라는 책을 펴냈고, 불경佛經에 속하는 상당수의 경들을 읽으며 『썩은 지식의 부자와 작은 실천』(2017.12. 520쪽, 신세림출판사)이라는 책을 펴낸 바 있다. 그리고 예수교·불교 관련 '성지순례'라고나 할까 관련 국가들의 유적지를 꽤나 많이 답사하였었다. 이 점은 나의 여행기 네 종이 잘 말해 주리라 믿는다.

이 작품은, 그런 내가 국내 어느 불교 사원에 갔다가 '극락교極樂橋'라 이름 붙여진 돌다리를 건너 '대웅전·범종루' 등을 둘러보고 내 눈에 비친 그대로를 가지고 습작한 것인데 부처님을 끔찍이 사랑하는 사람들이 보면 얼마나 황당해 하며 화를 내겠는가? 아니, 어쩌면, 나를 연민의 대상으로 여겨 측은하게 생각할지도 모를 일이다.

여하튼, 이 작품은 전체 6개 연 27행으로 짜여졌는데, 극락교를 건너가야 존재하는 피안彼岸인 극락세계 ─ 다른 말로 하면 청정한 '불국토佛國土'가 되겠지만 ─ 조차도 차안此岸인 이곳 속세에서 살아가는 중생들의 '때' 혹은 '피' 묻은 돈이 먹여 살리고 있다는 말로써 종교의 허약한 실상을 단적으로 드러내 놓았다고 할 수 있다. 신神에 대한 믿음을 가지고 있는 종교인들이 나의 이 말을 들으면 몸서리를 치겠지만 그럼에도 불구하고 분명한 사실은, 과거의 신전神殿들은 다 무너졌거나 무너져 가고 있고, 오늘날 높이 솟아있거나 솟는 교회나 성당이나 기도원이나 절이나 암자나 할 것 없이 모든 사원은 신도들의 주머니에서 나온 돈으로써 세워졌고 세워지고 있다는 점이다. 바로 이 같은 사실을 폭로暴露했다기보다는 환기喚起시켰을 뿐이다. 다만, 그 '환기 방법이 무엇이었느냐?'가 이 작품의 완성도를 결정짓는다고 보는데 과연 독자에게 그것이 인지되었을까?

부처님 형상물을 모신 대웅전을 중심으로 일체의 시설과 구조물이 있는 사원은, 「칭찬정토불섭수경」이나 「불설아미타경」 등에서 말하는 '극락세계'를 현실적으로 수용 가능한 범위 내에서 축약縮約하여 가시화시켜 놓은 곳이다. 따라서 그곳 청정한 불국토로 가려면 나룻배를 타고서 강을 건너가거나 다리를 건너가야 하는데 - 이것은 비유적인 표현임 - 이를 암시하거나 상징화해서 극락교를 만들어 놓았음을 짐작할 수 있다. 그런데 막상 그 극락교를 건너가서 보면, 중생들의 주머닛돈을 요구하는 복전함이 곳곳에 버티고 있고, 안치된 부처님 조형물과 시설물들[대웅보전 또는 대상보선 또는 적멸보궁 등등이 해당함]이 그럴 듯해 보이지만 그것들은 하낱 그림자에 지나지 않을 뿐더러 그림의 떡[화중지병畵中之餠]에 지나지 않는다는 것이 시적 화자의 판단이자 주장이다. 물론, 이런 판단이 생성되기까지에는 '극락교'라 이름 붙여진 현실 공간 속의 다리[橋교]가 매개물이 된 것임에 틀림없다.

이렇게 이해하고서 이 작품을 다시 읽으면 6개 연 27행이 얼마나 자연스럽게 짜여졌는지 느낄 수 있으리라 본다.

제1연에서는 강을 건너가면 피안에 이르고, 다리를 건너가면 극락세계에 도달하는지에 대한 가벼운 물음을 던져 놓았고, 제2연에서는 그곳(피안과 극락세계)에 가려면 나룻배를 타고 갈까 돌다리를 건너갈까 잠시 생각하는 시간적 여유를 가지며, 제3연에서는 부처님의 가르침대로라면, 혹은 경전의 주장대로라면, 극락으로 가는 다리 앞에서 머뭇거릴 사람이 없을 것이라고 추측하고 있다.

그리고 제4연에서는 몸과 마음을 깨끗이 씻고 극락교를 건너가 그곳 극락에 당도해 보아도 그저 의식주생활을 하는 속세와 다를 바 없다고 단정 짓고, 제5연에서는 그곳 가장 높은 곳에 부처님이 앉아계시지만 그 세계는 실체가 없는 빈 '그림자'이고, 먹음직스러워 보이지만 먹을 수 없는 '그림의 떡'일 뿐이라는 단정을 지었으며, 제6연에서는 비록 그림의 떡이지만 그 맛이라도 보려하면 복전함에 주머닛돈부터 털어 넣어야 하니 그들이 말하는 극락조차도 결국은 속세에서 살아가는 중생들이 먹여 살린다는 단정적인 주장을 하고 있는 것이다.

　다시 한 번 소리 내어, 혹은 눈으로써 조용히 읽어보기 바라마지 않는다.

-2018. 10. 02.

기습폭우 내리던 날 밤

번개, 질긴 어둠 칼날로 찢고
천둥, 소름이 돋도록 공포를 찍어 바른다.

더욱 거칠게 쏟아지는 폭우,
물폭탄이 곧 큰일을 낼 것만 같다.

잠시 후, 빨간 페인트 통을 엎지르며
질주하는 경찰차의 비상 경고음

그 너머로 빛바랜 그림처럼
정적이 도심의 복부를 짓누른다.

- 2018. 08. 28.

정황묘사로써 던져진
한 폭의 그림

이 작품은, 기습폭우가 내리던 날, 밤의 정황을 묘사한 것으로서 전체 4개 연 8행으로 짜여진 소품이다. 그런데 평소에 내가 습작해 온 것들과는 전혀 다른, 매우 낯설고 정이 가지 않는 작품이다. 마치, 나의 온기가 빠져버린 것 같은 느낌마저 주는 게 사실이다.

이 작품에서 ①번개 ②천둥 ③폭우暴雨 ④경찰차의 비상경고음 ⑤도심都心 등은 객관적인 지각知覺 대상으로서 기습폭우가 내리던 날 밤에 있었던 것들로서 '사실적 요소'이다. 이 요소들은 시인에게 표현表現이나 묘사描寫의 대상이 되고, 그로 인해서 생기는 시인의 주관적 판단을 재료로 삼아서 어떤 이야기, 그러니까, 대상에 대한 정서적 반응으로서의 자기 느낌과 생각을 엮어내는데 원용되었나.

그래서 제1연은 번개와 천둥이라는 객관적인 대상과 이를 바라보는 시적 화자의 주관적인 반응으로 짜여졌지만 사실적 기술記述에 가깝고, 제3연은 질주하는 경찰차의 비상경고음이라는 객관적인 대상과 그것을 바라보는 시적 화자의 주관적인 반응으로 짜여졌지만 역시 사실적 기술에 가깝다. 반면, 제2연은 '물폭탄이 곧 큰일을 낼 것 같다'는 시적 화자의 주관적인 반응 중심으로 기울어졌고, 제4연 역시 '정적이 도심의 복부를 짓누른다'는 시적 화자의 주관적인 반응 중심으로 기울어져 있다. 결과적으로, 제1연 : 제2연이, 그리고 제3연 : 제4연이 각각 '객관적인 대상 : 주관적인 반응'으로써 대비를 이루고 있는 셈이다.

좀 더 구체적으로 설명하자면, 제1연에서는, 어둠 속에서 번개가 치고 천둥이 울리는 정황을 묘사했는데, '번개는 칼날이 되어 질긴 어둠을 찢고, 천둥은 소름이 돋도록 공포를 찍어 바른다'고 했다. 물론, 이것은 대상에 대한 시적 화자 개인의 정서적인 반응의 결과이다. 여기에서 '어둠이 질기다'는 표현이나 '공포를 찍어 바른다'는 표현 역시 대상에 대한 개인적인 반응의 결과로서 시인의 감각적 인지능력의 섬세함이 반영된 부분이긴 하지만 큰 틀에서 보면 천둥과 번개라고 하는 객관적인 대상이 우선이고, 그것이 먼저 존재함으로써 생성된 이차적인 것에 지나지 않는다. 제2연에서는, 천둥 번개가 치고 난 다음 상황을 설명하고 있는데 '폭우暴雨'가 '물폭탄'으로 바뀌면서 개인의 정서적 반응으로서 생긴 근심걱정을 노출시켰다. 제3연에서는, 천둥번개가 치고 폭우가 물폭탄이 되어 내리는 가운데, 그러니까 제1, 제2연이 전제되어, 비상경고음을 내며 어디론가 달리는 경찰차의 불빛을 보고 빨간 페인트 통을 엎질렀다고 표현한 것은 비가 내리는 밤에 지각할 수 있는 색채에 대한 실감을 부여하려고 나름 노력한 결과이다. 그 불빛이 비상경고등의 것인지 브레이크 등에서 나오는 것인지 분별되어 있지는 않지만 그 붉은 색을 페인트 통이 엎질러져 쏟아지는 빨간 페인트로 동일시하였다. 제4연에서는, 경찰차가 지나간 뒤의 조용해진 정황을 묘사하였다. 곧, 천둥번개가 치고 폭우가 쏟아지는 가운데 경찰차가 비상경고음을 내며 급히 어디론가 사라졌지만 그 뒤에 오는, 숨죽이는 듯한 고요에 대해서 '그 너머에 있는 도심의 복부를 정적靜寂이, 그것도 빛바랜 그림 속 정적靜寂이 짓누르고 있다'고 표현해 냈다. 도시 전체를 하나의 커다란 사람[巨人거인]으로 간주하고, 그 도심을 사람의 복부腹部로 여겼으며, 그 도심의 숨 막히는, 긴장된 순간의 정막을 '복부를 짓누르는 정적'이라고 표현한 것이다.

이런 일련의 표현과 묘사가 비교적 섬세하게 이루어졌다고 생각하지만, 그래서 한 폭의 그림을 보는 듯이 생생하지만 독자들에게는 어떻게 받아들여졌는지 모르겠다. 사실, 내가 궁극적으로 말하고 싶은, 작품의 주제가 부각浮刻되지는 않았다. 마치, 한 폭의 그림을 그리듯이, 혹은 보듯이 특정 정황묘사를 던져 놓음으로써 독자 스스로 보고 느끼고 생각해 보도록 했다면 한 것이다. 시인은 한 발 빠져 있는, 이러한 유형의 시가 과연 독자들에게 어떤 교감을 불러일으키고 얼마나 흥미를 유발시킬지는 독자들의 반응을 지켜볼 일이다.

-2018. 10. 05.

선악을 분별하지 않는 대자연의 역사는 담백하지만
그를 분별하는 인류의 역사는 사악하기 그지없다.

-이시환의 아포리즘aphorism 52

주목
朱木

겉과 속이 다르지 않은
너의 일편단심, 그 붉은 마음을 두고
사람들은 붉은 나무, 주목朱木이라 하는가.

비바람이 몰아쳐도 먼저 나아가 맞고
폭염이 내리쬐여도 온몸으로 맞서지만
엄동설한에도 먼저 나아가 알몸으로 맞서는
너의 숙명적인 천성을 어이할거나.

죽을 때 죽을망정
사는 것처럼 뜨겁게 사는,
아니, 살아있는 것처럼 뜨겁게 살아가는 너,
너를 볼 때마다 비겁한 나는,
삼가 고개를 숙일 수밖에 없구나.

비록, 부러지고, 꺾이고, 뒤틀렸어도,
아니, 속까지 다 파헤쳐져 텅 비었어도
꿋꿋하게 서서 숨이 멎는 그 순간까지
살아있는 한 사는 것처럼 살아가는 너,
그런 너를 볼 때마다 나는,
삼가 고개를 숙이며
부끄러운 내 삶을 떠올리지 않을 수 없네.

-2017. 07. 16.

대상에 자신의 인성을
투사시키는 일
投射

시는 사람이 살아가는데 필요해서 만들어 낸 일종의 '그릇'이라고 생각한다. 그 그릇은 주로 느낌·생각·의식·사상 등이 기분이나 감정과 함께 뒤섞이어서 생성되는 정서적 반응을 담아내는 도구이다. 그런데 그 도구는 흙이나 유리나 금속이나 보석 등으로 만들어진 게 아니라 말이나 문장으로써 지어지는 것이다. 여기서 '느낌'이란 사람의 감각적 인지능력이며, '생각'이란 느낌을 전제로 덧보태지는 뇌에서의 사유 활동이다. 그리고 '의식意識'이란 생각이 어떤 빛깔이나 양태로 굳어져 형성된 생각의 덩어리이며, '사상思想'이란 의식이 어떤 질서와 체계를 갖춘 더 큰 덩어리이다. 이 네 가지 요소 가운데 느낌과 생각이 많이 담기면 '묘사描寫'나 '표현表現' 쪽으로 문장이 짜여지고, 의식이나 사상이 많이 담기면 묘사·표현이 아니라 기술記述 쪽으로 기울어지는 경향이 있다. 그러나 기술이 되면 그것은 이미 시라고 보기에는 어렵다.

그리고 우리가 '장미꽃'이나 위 시에서처럼 '주목朱木'을 시의 중심소재로 취하여 시를 썼다고 했을 때에, 묘사나 표현의 대상인 장미꽃이나 주목에 대하여 객관적 사실을 중심으로 기술하지는 않는다. 만약, 사실 중심의 내용을 기술했다면 그것은 이미 시에서 할 일을 벗어났다고 나는 생각한다. 대상에 대한 사실 중심의 기술은 관찰·실험·연구하는 식물학에서나 해야 할 일이기 때문이다.

시에서는 그 장미꽃이나 주목을 앞세워 놓고 노래하더라도 그들의 두드러진 특징이나 인상이나 어떤 객관적 사실에 대한 앎[知覺지각]을 전제로 생성되는 시인의 주관적인 느낌이나 생각 등이 기분이나 감정과 뒤섞여 말이나 문장으로써 묘사·표현되는 것이다. 이 때 그 느낌이나 생각은, 나아가 의식이나 사상은 시인 자신의 사유 능력과 인품을 반영하게 마련이다. 결과적으로 그 대상들은 시인의 감정을 불러일으키고 사유 활동을 촉발시킨 매개물로서 작용하며, 시인 자신의 인품과 감정이 투사되는, 그럼으로써 시인에 의해서 창조되는 제2의 장미꽃이 되고 주목이 되는 것이다. 독자 역시 장미꽃이나 주목의 객관적 사실을 읽으려는 것이 아니라 시인에 의해서 창조된 제2의 장미꽃이나 주목을 읽으려 한다는 사실이다.

이러한 두 가지 점을 전제해 두고, 위 작품에 대해서 얘기하고자 한다. 위 작품에서는, '주목朱木'이라는 나무가 중심소재이다. 시적 화자는 그 주목을 바라보고 생각하며, 그 존재 의미를 부여했다. 동시에 자신의 삶과 비교하면서 스스로 부끄럽다고 느꼈다. 그가 부여한 주목의 존재 의미는 무엇이고, 그는 왜 부끄러워하는가?

이 작품은, 보다시피, 전체 4개 연 19행으로 짜여 있는데, 각 연의 행수가 3, 4, 5, 7행으로 연신 많아지고 있다. 만약, 각 연을 동일한 시간 안에서 읽어야 한다면 점점 빨리 읽을 수밖에 없을 것이다.

제1연에서는, '주목朱木'으로 부르게 되는, 주목이라고 그 이름을 붙이게 된 연유에 대해 시적 화자가 주목의 생태적 특징과 무관하지는 않지만 '겉과 속이 다르지 않은 일편단심'으로 가볍게 단정 지으면서 묻는 형식을 취하고 있다. 제2연에서는, 역시 주목의 생태적 특징과 무관하지는 않지만 비바람·폭염·엄동설한이라고 하는 기상의 악조건 속에서도 '먼저', 그리고 '온몸'과 '알몸'으로 맞서서 살아가는 모습을 주목의 '숙명적인 천성'으로 여겼다. 그러면서 다소 걱정해 주는 화자의 입장이 반영되었다. 제3연에서는, '죽을 때 죽을망정 사는 것처럼 뜨겁게 사는' 주목의 생명력에 초점을 맞추었고, 동시에 그렇게 살지 못하는 자신의 삶을 비겁하다고 여겼다. 제4연에서는, 주목이 솔선수범을 보이듯이, 열정적으로 살아가면서 받는, 아니 받을 수밖에 없는 시련의 결과로서 '부러지고, 꺾이고, 뒤틀리고, 속까지 다 파헤쳐짐'을 보았고, 그럼에도 불구하고, '꼿꼿하게 서서 숨이 멎는 그 순간까지' 살아가는 강인한 생명력을 찬미하였다. 그러면서 그렇게 살지 못하는 화자 자신은 주목 앞에서 고개를 숙일 수밖에 없다는, 부끄러움을 넘어서서 경의를 표하는 자세를 드러내었다.

간단히 말하자면, 누구에게나 인지되는 주목의 생태적 특징을 통해서 일편단심과 자기희생적 열정을 읽었고, 그것을 숙명적인 천성으로 받아들였으며, 죽어가면서도 굽히지 않고 꼿꼿하게 살아가는 의기義氣로써 주목의 존재 의미를 부여하면서 스스로 그 앞에서 부끄럽고 고개를 숙일 수밖에 없는 입장을 드러내었다.

내용은 그렇다 치고, 시라면 마땅히 가져야 하는 한 가지 특징을 체감할 수 있었어야 하는데 과연 그런지 모르겠다. 그것은 이 작품의 제1연 첫 행부터 제4연 마지막 행까지 소리 내어 읽어보면 알게 되는 것인데 그 요체인 즉 자신도 모르게 주어지는 강약과 변하는 속도감이다. 하지만 그것은 악보에서처럼 작곡가가 지시한 것이 아니지만 행의 길이와 연의 행수만으로도 저절로 그리되는 것이다. 이것이 바로 시에서의 리듬으로 음악성인 것이다.

오늘날 시인들은 그저 적당히 자르면 행이 되고, 적당히 구분하면 연이 되는 줄 알지만 한 개의 문장이 짜이는 구조 곧 어순語順과, 선택되는 어휘語彙와, 행行의 길이와 그 수와, 연聯의 구분 등이 실제로 악보 구실을 해야 한다는 사실이다. 바로 이 점 때문에 시의 본질을 말할 때에 함축적·정서적 언어와 함께 음악적인 언어를 강조하는 것이다.

-2018. 10. 06.

바람의 언덕을 오르며

바람의 언덕 위로 올라가
바람 속으로 숨어들고 싶다.

그리하여 나도
보이지 않는 바람이 되어

세상을 한 바퀴 돌아 나오면서
어루만지는 것들마다

나직한 풍경소리에 눈을 뜨는
부드러운 연초록 솔잎이 될까.

겨울산 벼랑 위에서
산양이 내뿜는 뜨거운 입김이 될까.

바람의 언덕 위로 올라가
바람 속으로 눕고 싶다.

– 2018. 08. 17.

27

생명의 원기
生命   元氣

2018년 8월에 경남 거제도에 갔다가 '바람의 언덕'이라고 이름 붙여진 남부면 갈곶리 산 14-47 도장포마을에 갔었다. 나중에 알게 된 사실이지만, TV드라마 「이브의 화원(2003년 SBS 아침드라마)」, 「회전목마(2004년 MBC 수목드라마)」가 방영되면서 많은 관광객이 찾게 되었고, '바람의 언덕'이란 지명도 최근에 이 지역을 사랑하는 사람들에 의해서 붙여진 것으로 전해진다.

나는 장승포에서 이름 난 식당에서 해물뚝배기로 이른 저녁식사를 하면서 관광지도를 보며 이 '바람의 언덕'이라는 용어에 꽂혔다. 바람의 언덕이라… 언덕은 언덕이로되 바람이 주인인 언덕이라는 뜻일 것이다. '바람이 주인노릇을 하는 언덕이라면 의당 그곳에는 바람이 많겠지'라고 상상하면서 그곳으로 가보고 싶어졌다. 그래서 서두르면 '해가 지는 저녁풍경을 그곳에서 볼 수 있지 않을까' 생각하며 급하게 차를 몰았다. 하지만 허사였다. 내가 도착했을 때에는 이미 어둠이 내리기 시작했고, 바닷가에서 계단길을 따라 올라가 현장에 당도했을 때에는 조명불빛을 내뿜으며 풍차 한 대가 천천히 돌아가고 있었다.

나는 풍차 주위를 한 바퀴 돌아 나오면서 바람이 많은, 아니, 바람이 사는 언덕과 그 언덕에서 주인 노릇을 하는 바람을 상상하기 시작했다. 내 머릿속에서는 바람에 인성人性이 부여되었고, 그 인성을 넘어서서, 영원히 죽지 않는 생명生命의 원기元氣로까지 그 의미가 부여되고 있었다. 그래, 나는 며칠 후, 그 바람의 언덕을 오르던 나의 모습과 그 때에 상상했던 사유세계를 떠올리며 이 시를 습작했던 것이다.

보다시피, 이 작품은 전체 6개 연 12행으로 짜였는데, 바람과 나, 나와 바람이라는 '관계關係'가 전제되어 있고, 바람은 나의 염원대로 나의 존재를 바꾸어 주는 능력을 지닌 초월적 존재로 인식되어 있다. 바람의 그런 능력이 발휘되려면 내가 먼저 바람과 하나 되어야 만이 가능해지는 것인데 그러기 위해서는 내가 바람의 언덕 위로 올라가 그 바람 속으로 숨어 들어간 다음 그 속으로 누워야 한다. 그렇게 나는 바람과 하나 되어서 세상을 떠돌며 돌아 나오면서 어루만지는 것들마다 '나직한 풍경소리에 눈을 뜨는/부드러운 연초록 솔잎'이 되고 싶고, '겨울산 벼랑 위에서/산양이 내뿜는 뜨거운 입김'이 되고 싶은 것이다.

결과적으로, 시적 화자인 나는, 바람이 되어서 그 '연초록 솔잎'과 그 '뜨거운 입김'으로 표상된 '새로운 생명'으로 거듭나고자 하는 염원을 '바람의 언덕'이라는 매개물을 만남으로써 드러내게 되었던 것이다. 그렇다면, 이 작품에서는 '연초록 솔잎'과 '뜨거운 입김'이라는 두 개의 시어詩語에 내재內在시키고 있는 함의含意가 대단히 중요한데 과연 그것이 무엇일까? 바로 그것을 독자들이 나름대로 상상하면서, 아니 나름대로 판단하면서, 전체적인 기제基劑 곧 시적 화자는 바람이 되고 싶어 바람의 언덕으로 올라가는데 그곳 바람 속으로 몰래 숨어들어 누움으로써 바람과 하나 되어 세상을 한 바퀴 돌아 나오면서 어루만지는 것들이 연초록 솔잎이 되고 산양이 내뿜는 뜨거운 입김이 되기를 은근히 기대하는 것을 생각하면 그 자체로서 한 편의 시가 구축하고 있는 또 다른 세상을 구경하는 셈이 되는 것이다.

이 시를 습작한 내가 나서서 이 시가 구축하고 있는 또 다른 세상을 구구절절이 설명을 하게 되면 말 그대로 자칫 자화자찬自畵自讚이 되기 때문에 생략하고자 한다. 따라서 여러분 스스로가 연초록 솔잎과 뜨거운 입김에 의지하고 있는 시적 화자의 꿈을 상상하고 유추해 보는 즐거움을 누릴 필요가 있다고 본다.

-2018. 10. 11.

의상능선을 걸으며

태풍 급 강풍이라더니
이곳 북한산 의상능선 상에서도
초목들의 사투 흔적이 역력하구나.

겉보기에는 멀쩡해도
벌레 먹어 속이 썩었던 나무들은
여지없이 부러져 있고,
고함을 지르며 내리치는
강풍의 순간 칼날을 피하지 못했던
우람한 소나무 한 그루는 뿌리 채 뽑혀 넘어져서는
길을 가로막는구나.

그가 휩쓸고 지나간 마을골목 골목마다
사생결단 몸부림치다가
꺾이고, 부러지고, 잘려나간 잔가지들이
곳곳에 흩어져 있네.

간밤의 격렬했던 전투에서
처참하게 죽은 민초들의 시신屍身이 널브러져 있고,
부상자들의 신음소리가
곳곳에서 들려오는 듯하다.

그러나 인류의 역사가 그러하듯이
지난날의 격렬했던 전쟁은 끝이 나고
하룻밤 사이에 언제 그랬냐는 듯
오늘은 평화로운 햇살을 주고받으며
어제의 세상을 성토하며 내일을 꿈꾸듯이
능선마다 골짜기마다 봉우리로 향하는
초목들의 연녹색 물결이 파도를 치듯
더욱 선명하고 더욱 짙게 번지어가네.

-2016. 05. 05.
-2018. 10. 25. 수정

나는
자연이란 품에서 나와 마음껏 응석을 부리다가
결국 그의 품안으로 돌아간다.

-이시환의 아포리즘aphorism 56

강풍이 휩쓸고 가며 남긴 초목들의 상흔이
전장의 민초들로 오버랩되다
民草

이 작품은, 나의 시집 『여백의 진실』(2016년, 신세림출판사, PP.122~123)에 실려 있는 것인데 최근에 수정되었다. 곧, 일곱 개 연에서 다섯 개 연으로 줄었고, '마치'라는 부사가 빠지고 '그러나'라는 접속어가 들어가면서 '꿈꾸네'가 '꿈꾸듯이'로 바뀌었을 뿐이다. 전체적으로 보면, 내용상으로는 큰 변화가 없지만 아주 작은 문장 구조와 연 가름의 변화로 인해서 전보다 훨씬 의미 전달이 잘 되고, 시적 화자가 말하고자하는 작품의 주제가 보다 쉽게 판단되도록 부각되었다. 이런 점을 미루어 보아도 시어詩語 선택과 문장의 구조는 말할 것 없고, 의미 전개상의 단락을 짓고 숨 쉬는 시간을 주는 행과 연 가름의 문제는 시작詩作에 있어서 대단히 중요하다 아니 말할 수 없다.

수정된 이 작품은, 전체 5개 연 26행으로 짜여있는데, 크게 보면 제1, 2, 3연의 14행이 내용상 하나로 묶일 수 있고, 제4, 5연의 12행이 하나로 묶일 수 있다. 곧, 제1, 2, 3연에서는 의상능선 상에 있는 초목들이 강풍으로 꺾이고 부러지고 뽑히고 넘어진 상태를 있는 그대로 드러내 놓은 것으로써 그 소임을 다하고 있다. 사실, 여기에서는 객관적 사실을 중심으로 강풍이 할퀴고 지나가면서 생긴 상흔傷痕을 드러내 놓았기 때문에 특별히 문제될 것이 없다. 다만, '강풍'과, 그에 맞서는 '초목'이란 단어가 비유어가 되어서 다른 속뜻을 가질 수 있다는 점과, ①겉보기에는 멀쩡해도/벌레 먹어 '속이 썩었던 나무들'과, ②강풍의 순간 칼날을 피하지 못했던/'우람한 소나무 한 그루'와, ③사생결단 몸부림치다가/꺾이고, 부러지고, 잘려나간 '잔가지들'이 각각 속뜻을 숨기고 있는 비유어로 사용되었을 가능성이 매우 높다는 점이 다소 신경을 쓰이게 할 뿐이다.

이들이 속뜻을 숨기고 있는 비유어譬喩語가 될 가능성은 제4연 때문인데 곧, "간밤의 격렬했던 전투에서/처참하게 죽은 민초들의 시신이 널브러져 있고,/부상자들의 신음소리가/곳곳에서 들려오는 듯하다."라는 문장이 그것이다. 이는 작품 전체적으로 볼 때 기승전결 구조의 전轉 구실을 하면서 돌연, 강풍에 맞선 초목들의 모습이 전투 현장에 널브러져 있는 사상자死傷者들로 동일시되었는데 '전투·민초·부상자' 등의 시어들이 이를 받쳐주고 있다. 사실, 이 문장 하나 때문에 '소나무'로 상징되는, 우리 민족이 외침을 받을 때마다 저항하며 온갖 수난을 당했던 민초民草들의 수많은 전쟁·전투 현장을 떠올리게 되는 것이다. 물론, 독자가 기록으로 남아있는 우리의 역사적 관련 사실들에 대해서 얼마나 기억하고 있고, 그것을 얼마큼 심각하게 받아들이며 살아왔느냐에 따라서 이 문장의 의미 경중輕重이 달리 느껴질 것이다.

채수명(1957~) 문학평론가는 이 작품에 대해서 「체험적 '여백의 진실'을 담은 파노라마」라는 글을 통해 '태풍 급 강풍이 할퀴고 간 의상능선의 상흔을 민족의 최대 비극이었던 6.25전쟁으로 비유했고, 역설적으로는 사회현상학을 간접화법으로 풍자·고발했다.'고 하면서, '사회현상학'이란 용어에 대해서 이렇게 부연 설명했다. 곧, ①권력의 맛을 누리며 백성의 피를 빨아먹는 정치인들의 작태, ②천민자본주의에 의해서 더욱 험난해진, 치열한 적자생존으로 인간성이 말살된 세상살이, ③외세에 대해서는 무기력한 우리 정치적 현실 등이라고 말이다.

사실, 나는 독자의 '자발적인' 이런 평에 대해서 지나치게 과분하다고 생각했다. 솔직히 말해, 간밤에 강풍으로 큰 소나무가 송두리째 뽑히어 넘어져 있었고, 대개는 속이 썩은 나무들이 힘없이 부러져 있었으며, 건강한 나무들도 줄기와 잔가지들이 적잖이 꺾이고 떨어져 나갔으며, 수없는 나뭇잎들이 떨어져 햇볕에 말라가며 풍기는 풀냄새를 맡으면서 나는 외침이 있을 때마다 민초들만 죽어나가는 우리의 역사적 사실들을 떠올렸던 것이 사실이다. 그렇다고, 꼭 6.25 남북전쟁만을 떠올렸던 것은 아니며, '벌레 먹어 속이 썩은 나무들'이라는 시어에 부정부패를 일삼는 위정자들을 연계시켰고, '우람한 소나무 한 그루'는 우리의 진정한 지도자라 여겨지는 이들을 빗댄 것도 사실이다. 한 마디로 말해서, 강풍이 할퀴고 간 숲속의 상흔을 우리 민족의 수난사로 빗대었으며, 동시에 정치적 현실 상황을 고발한 것임에는 틀림없다. 나의 이런, 역사나 현실 비판적인 의식이 반영된 시는 이 외에도 「울돌목을 바라보며」라든가 「나제통문을 지나며」 등 적지 않다.

여하튼, 얘기가 조금 빗나갔지만 다시 원점으로 돌아와서 제5연 8개 행에 대해서 얘기하고자 한다. 이 제5연에 와서는 작품의 분위기와 내용이 크게 바뀌면서 시적 화자가 말하고자 한 바가 집약적으로 드러나 있다. 숨을 돌리면서 크게 외치는 '그러나'라는 접속부사가 그 역할을 하고 있는데 그 내용인 즉 보다시피 이러하다. 곧, 어제는 강풍이 들이닥쳐 한바탕 초목들이 죽고 사는 광기 어린 소란이 일어났지만 오늘은 언제 그랬냐는 듯 조용하고 따뜻한 햇살까지 비추어주기에 다시 일어나 삶의 의욕을 되찾듯이, 산 밑에서부터 봉우리 쪽으로 점점 푸르러가는 생명력 회복을 목격하고 있다. 그렇듯, 사람들도 지난날에 죽기 살기로 싸워야했던 전쟁을 끝내고, 그런 어제를 반성하면서 내일을 꿈꾸며 오늘을 평화롭게 살아가는 현실과 겹쳐 놓았다. 바로 인류의 이런 역사적 사실과 정황을 강풍으로 인한 초목들의 수난사로 오버 랩 시켜 놓은 것이다. 비록, 시적 화자의 이야기는 여기서 끝이 나 지만 분명하게 말하지 않은, 혹은 못한 부분이 있다. 독자들도 느 꼈는지 모르겠지만, 강풍은 언제든 다시 불어올 수 있는 것이며, 전쟁 또한 언제 어디서든 다시 일어날 수 있다는 자명한 사실이 그것이다. 이에 대한 준비를 하고 안하고는 삶의 주체인 '초목'으 로 빗대어지는 우리 '민초'들에게 있으리라.

-2018. 11. 26.

폭염속의 즐거움

가마솥 무더위가 차라리 좋구나
이렇게 눈을 감고 두 귀를 닫고 보니
세상이 쥐 죽은 듯이 조용하고 깨끗해

염천炎天이 움직이는 것들을 다 감추니
한산한 골목거리 선명한 만물지계萬物之界
먼 산도 돌아앉아서 묵언默言 정진精進 하잔다

-2018. 08. 14.

심안의 세계를 시조로써 품다
心眼

　나는 김재황(1942~　) 사백詞伯으로부터 자극을 받아 최근에 시조
時調를 습작하기 시작했다. 그러니까, 2017년 11월부터 2018년 11월
현재까지 약 50편 70수 정도를 습작習作했는데 이 작품은 그 가운
데 한 편일 따름이다. 그런데 문제는, 시조에 대한 나의 평소 생각
이 대다수 시조시인들의 것과는 적잖이 다르다는 데에 있다. 따
라서 이 작품에 대한 해설을 하기 전에 그 다른 시조관時調觀부터
얘기할 필요가 있다고 생각된다. 여기에 정리된, 나의 시조관時調
觀을 나열해 보고자 한다.

1. 시조時調는 때 곧 시절時節을 노래하는 곡조曲調=譜의 노랫말歌辭이다.

2. 시조가 곡조의 노랫말이기 때문에 정형률을 지켜야 했다. 평시조平時調

의 경우, 3장 6구 12음보 45자 내외의 정형률을 요구하지만 경우에 따라서 약간의 융통성을 부여할 수도 있다.

3. 오늘날 노래時調唱 없이 노랫말歌詞만 짓는 것은 시조의 50% 계승에 지나지 않으며, 그것도 노래를 부르기 위한 가사歌辭가 아니라 읽기 위한 시조 모양의 3장 6구 12음보를 지키거나 그것의 변형을 꾀하는 것은 이미 시조가 아니라 시조 외형만을 모방한 껍데기 정형시定型詩일 뿐이다.

4. 3장의 첫 구 3음절은 고정불변이라고 흔히 말들을 하나 반드시 그렇지는 않으며, 2자든 4자든 3음절에 해당하는 음音의 길이를 소리 내면 그만이다.

5. 시조는 창[唱 : 노래]이라는 악보[노래하는 방법]가 전제되는 것이고, 그 악보에 따라 가사는 그에 따른 제한을 받을 수밖에 없기에 그 외형률에 매이어 왔던 것이다.

6. 오늘날은 인쇄술의 발달과 생활환경의 변화로 입으로 불러 '귀로 듣는' 노래에서 눈으로 '읽으며 생각하는' 시詩로 바뀌어 가듯이, 시조에서도 3개 장의 음수·음보 등의 외형만을 살리고, 그 내용은 생각하며 읽는 문장으로 바뀐 지 오래 되었다. 이를 두고 우리는 '時調詩시조시'라는 '없던' 용어를 만들어 쓰고 있는 것이다.

7. 시조의 음수·음보·장 등은 현대음악 악보의 마디·절·장 등과 연관이 있

는데 이는 소리 내는 시간이 제한된다는 뜻 외에 다름 아니다.

8. 소리의 고저·장단·전체 길이時間 등이 통제되기 때문에 노래라는 것인데 오늘날의 시조는 노래가 떨어져 나가고 그 외형만 고수되거나 그것마저 변형되어 가고 있는 상황이다.

9. 시조에서 3음절과 4음절이 많이 쓰이는 이유로 우리말에 3, 4음절의 단어가 많기 때문이라고 말들 하지만 사실은 그렇지가 않다. 게다가, 한자어를 사용하지 않고는 45자 내외로 가사 작성자의 의중을 표현해 내기란 결코 쉽지가 않다. 바꿔 말해, 한자어를 배제하고 순 우리말로 시조를 지으려면 너무나 어렵다는 뜻이다. 뜻글자인 한자漢字가 쓰여야 적은 글자 수로도 의중을 겨우 담아낼 수 있는 것이 현실이다.

10. 시조의 3장, 곧 초장 중장 종장 간의 '관계關係'가 대단히 중요한데 이것이 무시되면 바른 시조라고 말할 수 없다. 곧, 각 장은 작은 단위의 의미 단락을 짓는데 초장과 중장의 관계는 대개 起기와 承승의 관계이나 기起에서 轉전까지도 갈 수 있다. 그리고 초·중장에 이어서 나오는 종장은 結결에 해당하지만 轉전과 結결이 하나가 되어 마무리 될 수도 있다.

11. '기승전결'이란 구조構造의 본질에 대해서 이해가 전제되어야 하는데, 이는 표현자의 의중을 가장 '간단하게', 그러면서도 가장 '자연스럽게' 드러내는 의미 진개 빙식이라는 사실이다. 물론, 겅우에 따라서는 이 4단계의 순서가 뒤

바뀔 수도 있다. 그 때는 표현자가 처한 '현실적 상황'이란 변수가 작용한다. 마치, 가장 중요한 말을 가장 먼저 하고 그 이유를 차근차근 설명할 수도 있는 것이고, 반대로 설명을 차근차근 먼저 한 다음에 그 중요한 말을 끝에 가서 할 수도 있듯이 말이다. 그런데 우리는 대체로 설명을 먼저 하고 결론을 뒤에 말하는 어순語順을 갖고 있고, 말을 함에 있어서도 그런 순서를 좇아 하기를 좋아한다. 그래서 이 기승전결은 말을 하고 글을 쓰는 데에 있어서도 중요한 하나의 '기본 틀'이 되어 있는 것이다.

이러한 시조관에 입각하여, 나는 3장 6구 12음보 45자 내외의, 겉으로 보기에 반듯한 정형시를 짓되, 꼭 길게 늘어지도록 늘여서 빼는 창唱이 아니라도 자연스럽게 소리 내어 읽어도 흥을 불러일으킬 수 있도록 하는, 속으로도 반듯한 짜임새를 지니려고 노력했다. 이런 나의 말에 대해서 오늘날의 시조시인들은 구닥다리라고 말할지 모르겠지만 나는 본래의 시조에 조금이라도 더 가깝게 부합하는 것이 옳다고 생각한다.

최근에 어렵게 구해 읽은 『時調譜시조보』* 속 「例言예언」에는, ① 時調唱시조창의 起源기원, ②時調시조의 種類종류와 名稱명칭, ③時調시조의 音階음계, ④唱法창법과 淵源연원, ⑤歌辭가사의 말부침, ⑥點數점수와 拍子박자 關係관계, ⑦譜表보표의 研究연구 등에 대한 간단한 설명이 있어 확인할 수 있었는데, 오늘날 시조에서 唱창 혹은 길게 소리 내어 읊조리기[朗誦=永言] 등을 배제시킨 채 외형만을 고수하거나 그것조차 변형시키는 결과물들은 이미 시조가 아니라 시조를 닮은 현대시일 따름이라고 나는 생각한다.

이러한 나의 주장을 전제하고 본론으로 돌아와서 위 시조 작품에 대한 얘기를 하고자 한다.

원래, 시조창의 가사에는 제목이 따로 붙지 않았다. 그래서 옛 시조들을 보면 제목이 하나같이 없다. 나는 50편 모두 가사를 먼저 짓고 나중에 그 내용과 관련된 낱말이나 어구로써 시제時題를 붙여 놓았다. 그래서 이 작품에도 '폭염속의 즐거움'이라는 제목이 붙어 있다. 그리고 가급적 순 우리말로써 짓고자 했어도 부득불 폭염暴炎·염천炎天·만물지계萬物之界·묵언默言·정진精進 등의 한자어가 들어갔다. 물론, '만물지계'라는 단어만 빼면 나머지는 우리 일상생활 속에서 널리 쓰이고 있는 단어들이다.

내용이야, 첫째 수에서는, '가마솥 무더위가 차라리 좋다'는 다소 엉뚱한, 보통 사람들의 생각과 다른 단정을 초장에서 먼저 지었고, 그 단정 곧 판단에 대한 이유를 중장과 종장에서 밝히고 있는데, 중장의 눈을 감고 두 귀를 닫았다는 것은 가마솥 무더위에 대한 나름의 대응방식이고, 그 방식을 취하고 보니 세상이 쥐 죽은 듯이 조용하고 깨끗해졌다는 것은 그 결과로서 종장으로 매듭

되었다. 그러고 보면, 결이 먼저 나오고 기와 승과 전이 뒤따라오는 식이 된 것이다.

그리고 둘째 수에서는, 첫 수의 '가마솥 무더위'가 '염천'이라는 말로 바뀌어 나타났고, 초장에서 그 염천이 움직이는 것들을 감추었다고 했는데, 사실은 너무 덥기 때문에 움직이는, 바꿔 말해, 살아있는 것들의 활동이 스스로 절제되거나 일시 중지된 상태를 표현한 것이다. 하지만 지상에서의 이런 변화를 위에서 내려다보면 염천이 움직이는 것들을 감추었다고 인식할 수도 있을 것이다. 결국, 시적 화자가 있는 시점視點이 인간이 머무는 지상이 아닌, 다른 곳에 있다는 점을 간접적으로 노출시킨 셈이나 다름없다. 그 다른 곳이란 꼭 공간적인 의미라기보다는 눈을 감고서 내려다보는 심안心眼이 머무는 자리, 곧 선적 경지라고 해야 옳을 것이다.

중장에서는 그 심안으로써 내려다보니 복잡다단한 골목길이 한산해지고, 또한 그럼으로써 더욱 선명하게 드러나는 사물들이 정물靜物처럼 고요하게 머물러 있는 상황을 그려내고 있다. 특히, '선명한 만물지계'라는 어구語句가 한눈에 들어오는 사물들의 실상에 대한 앎[깨달음]이고, 그 존재하는 것들의 고요함을 실감하게 한다. 중요한 것은 종장의 '먼 산도 돌아앉아서 묵언黙言 정진精進하잔다'라는 말인데 그 가마솥 무더위에 대응하는 시적 화자의 자세나 정신적인 사유세계의 깊이에 품격이 드러나면서 그의 내공

內工을 느낄 수 있다는 점이다. 곧, 사람을 포함해서 움직이는 것들이 없어서 더욱 선명해진 골목 안 풍경과 더불어서 멀리 보이는 산山조차 '돌아앉아서 묵언 정진하자'고 말한다는 것인데, 실은 아무런 상관성이 없는 산이지만 그것에 인성이 부여되면서 존재하게 되는 그 인격체山를 끌어들여서 하나가 되는 선적禪的 경지를 유감없이 드러내었다고 본다. 폭염 속에서 꿈쩍도 하지 않고 앉아 있는 산봉우리처럼 가부좌를 틀고 앉아있는 화자의 모습을 상상해 보라. 그의 심안에 비추어진 세계를 통해서 내공이 느껴지지 않는가.

차제에, 위에서 언급한 나의 시조관에 입각해서 습작된 '반듯한' 시조 2편을 여기에 붙이고자 한다. 이들을 통해서 나의 시조 실상을 확인하고, 필요하다면 채찍을 들어서 가르쳐 주기 바란다.

①
한 사흘 계속되는 궂은 비 차갑구려
이 비에 젖고 나면 단풍잎 다 떨어져
선술집 막걸리 잔만 분주하게 오가네

– 2017. 10. 18. 「가을비」 전문

②

잔소리 많아지고 말끝마다 껄끄럽네

늙은이 아니랄까 오늘따라 유별나니

모두가 돌아앉아서 돌부처가 되었네

– 2017. 10. 15.「모난 늙은이」전문

  – 2018. 11. 02.

---

*『時調譜(시조보)』:석암(石菴) 정경태(鄭坰兌 : 전북 부안 출생)가 지은 것을 청오(淸塢) 유종구
(柳鍾九: 1924~1980)가 펴낸 시조 악보집

내 삶은 잡음에 지나지 않지만
그 잡음조차 아름다운 음악으로 만들어 듣는 이가 바로
대자연이다.

-이시환의 아포리즘aphorism 57

울돌목을 바라보며

네 울음소리 어디로 꽁꽁 감추었는가.
그 소리 그 때처럼 내 귀에 쟁쟁해야
그 울음의 그 의미를 되새겨보지 않겠는가.

바닷물이 강물처럼 급히 흐르는
이곳 울돌목,
예나 지금이나 변함없는
네 울음소리 듣고서 알아차리는 자만이
성난 네 서러움을 잠재우며
거친 물살을 거스를 수 있는 법.

허나, 바람 잘 날 없는 반도 땅엔
수數와 힘으로써 밀어붙이는
무지한 이들의 고함소리만
여전히 무성하이.

무릇, 정치를 하려거든
이곳 울돌목에서 배우라.
울돌목을 아는 자가
울돌목의 거친 물살을 다스려야 하지 않겠는가.

울돌목을 바라보며 울돌목도 모른 채
말만 앞세우는 놈들에게
차라리 재갈을 물리는 게 어떤가.

-2016. 04. 21.

단순 배설적 기능을 넘어서야
排泄

   이 작품은, 전체 5개 연에 20행으로 짜여졌는데 '울돌목'이라고 하는 특정 지역 곧, 과거 임진왜란(1592~1598) 당시에 왜군을 대파시킨 이순신 장군의 명량해전(1597. 9. 16.) 격전지를 떠올리며, 과거로부터 현재까지 이어지는 정치권의 무능한 인사 정책의 부조리를 향한 질타叱咤를 퍼붓고 있는 내용이다.

   전반부인 제1, 2연의 9개 행은, 지금의 전남 해남군 문내면 학동리와 전남 진도군 군내면 녹진리 사이에 있는 좁은 해협海峽의 빠른 물살과 요란한 물소리 때문에 붙여진 '울돌목'과 관련하여 전해 내려오는 얘기를 전제로, 그 물 흐르는 소리와 그 거친 물살 거스르는 방법을 훈계訓戒하듯 하고 있다. 부연하자면, 시적 화자의 귀에는 과거에 쟁쟁했다던 이곳의 물소리가 들리지 않았는지 '어디로 꽁꽁 감추었느냐고 물으면서, 그 소리를 들어야 만이 물길의 싱난 서러움을 잠재우고 거친 물살을 거스를 수 있다'고 가르치고 있다.

그리고 후반부인 제3, 4, 5연의 11개 행은, ①그곳의 울음소리를 알아차리지 못한 채 고함소리만 요란한 한반도 정치권의 탁상공론卓上空論을 전제하면서, ②정치를 하려거든 이곳 울돌목에서 배우고, ③울돌목을 아는 자가 울돌목의 거친 물살을 다스려야 하듯이 국정을 운영하는 일에 있어서도 그에 대해 잘 아는 인물이 정치를 해야 한다는 속뜻을 숨기고 있으며, ④울돌목을 바라보며 울돌목의 진실을 모른 채 말만 앞세우는 무능한 정치인들에게 차라리 재갈을 물리는 것이 옳다고 동의를 구하는 형식을 취하고 있다. 한 마디로 말해서, 능력도 없는 사람이 능력 있는 척 말만 앞세우면 그들의 자리를 박탈하는 것이 낫다는 공격적인 태도와 자세를 드러내 보이고 있다. 그러니까, 시인은 시적 화자를 앞세워 정치권의 무능함을 비판하면서 불만을 간접 해소하고, 동시에 격앙된 감정을 표출시켜 배설排泄함으로써 시원함이란 즐거움을 누리고 있는 격이다.

솔직히 말해서, 시를 짓는 사람詩人 입장에서 보면, 시작詩作에는 '배설적 기능'과 '유희적 기능*'이 어느 정도는 잠복해 있다고 해도 틀리지 않는다. 특히, 현대시에서는 이 두 가지 기능이 차지하는 비중이 점점 커지고 있는 상황이다.

여기서 말하는 '배설적 기능'이란, 어떠한 이유에서든 억제된, 말을 하고 감정을 표출했을 때에 느끼는 시원함인데, 그 때 의미 표현과 감정 표출의 방법이 억압되었던 만큼 분출하는 형식을 띠게 되는데, 욕설辱說·조롱嘲弄·풍자諷刺·폭로暴露·직설적 비판批判 등이 그것이다. 문제는, 이런 기능에 의존하면 의존할수록 문학적 깊이 곧 시의 품격이 떨어지면서 독자와의 공감과 그 파급력이 약화될 가능성이 높아진다는 점이다.

여하튼, 나는 2016년 4월에 몇몇 지인들과 함께 진도 여행을 하면서 이 울돌목을 내려다보았고, 그 때의 사유思惟가 기초가 되어서 이 작품을 습작했는데 앞서 말한 배설적 기능이 컸던지라 작품 말미에 이런 후기까지 붙였었다. 곧, "솔직히 말해, 나는 한번쯤 '울돌목'에 대해서 시를 쓰고 싶었다. 그러나 오랫동안 쓰지 못했다. 그러나 오늘 비로소 썼다. 13:133이란 숫자를 기억하며, 임금님이 아니라 더불어 사는 국민에 대한 충忠과 불충不忠의 진실을 구분할 줄 알아야 함이 오늘을 사는 내 도리라고 생각했다." 이 후기後記를 통해서도 시인이 정치인들을 얼마나 불신하고 있는지 알 수 있으며, 시작詩作의 배설적 기능을 확인할 수 있으리라 본다. 그러나 이 작품에서 그것의 적절성 여부에 대한 판단은 이 시를 읽는 이들에게 맡기는 바이다.

-2018. 10. 31.

---

*유희적 기능 : 통상적인 문장을 놓고 장난을 치듯 낱말을 바꿔치기 한다든가, 문장 구조를 파괴한다든가 함으로써 의도적으로 엉뚱한 의미 관계를 짓는 등 요행수를 노리면서 자행되는 실험적 행위에 수반되는 즐거움을 말한다. 이 즐거움을 추구하다 보면 뜻밖의 소득을 얻는 경우두 발생하는데 이를 염두에 두고 말장난을 즐기는 시인들이 직지 않나. 하지만 시작詩作에서 이런 유희적 기능에 탐착하게 되면 시가 난해지는 결과를 가져올 뿐 아니라 자신의 삶과 유리되는 거짓 정서가 담기게 된다.

상선암 가는 길

하, 인간세상은 여전히 시끄럽구나.
문득, 이 곳 중선암쯤에 홀로 와 앉으면
이미 말듦을 버린,
저 크고 작은 바위들이 내 스승이 되네.

– 2004. 07. 26.

'모호성'이란 표현 기교

이 작품은 나의 시집 『상선암 가는 길』(2004. 10. 신세림출판사)에 실려 있는데, 나의 선시禪詩 습작의 시작始作을 알리는 작품이라고 해도 크게 틀리지 않는다. 겉으로 보면, 전체 4개 행으로 된 짧은 시인 데 문장 수로 보면 두 개뿐이다.

그런데 시의 제목이 '상선암 가는 길'인데 본문에서는 '중선암 쯤에 홀로 와 앉으면'이라는 조건에 따른 결과로서 '이미 말을 버린, 저 크고 작은 바위들이 내 스승이 된다'는 내용이 전부이다. 그렇다면, 상선암에 대한 강한 궁금증이 남게 되고, '상선암'과 '중선암'에서 '암'이란 것이 바위 암巖인지 암자 또는 초막 암庵인지 고개를 갸우뚱거리게 한다. 한자漢字를 병기하지 않아서 그렇지 만 양쪽으로 해석해도 무리가 따르지 않는 상황이다.

본문 가운데에는 '중선암쯤에 가면 크고 작은 바위들이 있다'는 단서端緖가 있고, 실제로 충북 단양군 단성면 '선암계곡'을 따라가다 보면 '상선암'과 '중선암'과 '하선암'이라고 이름 붙여진 곳이 있기에 이를 알고 있는 이들에게는 바위 암으로 해석될 소지가 다분하다. 그렇지만, 상선암 가는 길에 있는 중선암이란 곳에 홀로 가서 앉으면 이미 말을 버린 크고 작은 바위들이 내 스승이 된다는 말에서 흔히 불가佛家에서 말하는 선정禪定 수행修行 상의 위계位階를 상上·중中·하下로 구분해 놓은 것이 아닌가 싶은 생각도 들 것이다. 실제로, 불교 경전에서는 초선初禪·이선二禪·삼선三禪·사선四禪으로 구분하여 선정 수행의 정도와 그 위상을 구분 설명하고 있는데 이런 내용을 아는 사람은 당연히 암을 암자 庵암으로 받아들이게 될 것이다.

물론, 이 작품을 습작한 나의 진실을 말하자면, 용어 자체는 단양의 선암계곡에 있는 지명에서 따왔지만 내가 가는 길의 과정을 말해주는 일종의 계단이며, 동시에 내 마음 속의 암자라는 의미로 썼음을 고백한다.

첫 문장인 "하, 인간세상은 여전히 시끄럽구나"에서, 우리는 많은 것을 생각해 볼 수 있다. 곧, 이 말을 뱉어낸 시적 화자는 자신이 떠나온 인간세상 곧 속세俗世를 뒤돌아보며 예전처럼 여전히 시끄럽다고 인지하면서 절망감이 실린 '하'라는 감탄사를 숨기지 못하고 있다. 그러니까, 시적 화자는 시끄러운 인간세상을 떠나, 어떤 세상인지 드러내 놓지 않아서 알 수 없는 '상선암'이란 곳으로 가는 중에 있음을 알아차릴 수 있을 것이다.

둘째 문장인 "문득, 이 곳 중선암쯤에 홀로 와 앉으면/이미 말를을 버린,/저 크고 작은 바위들이 내 스승이 되네"에서 우리는 시적 화자가 와 있는 곳이 중선암쯤이라는 사실과, 그 중선암에서는 크고 작은 바위들조차 이미 말을 버렸다는 사실과, 말을 버렸기 때문에 나의 스승이 된다는 세 가지 점을 확인할 수 있다. 결과적으로 시적 화자는 중선암에 와 있지만 아직 말을 버리지 못했다는 뜻을 암시暗示하고 있다.

그렇다면, '말을 버린다'는 것의 진의眞意는 무엇인가? 이런 의문 하나가 생기는 것은 당연하다. 그리고 '상선암' 가는 길에 중선암이 있고, 그곳 중선암은 바위들조차 말을 버리고 있다는데 '과연, 상선암의 세계는 어떤 곳일까?'라는 의문 하나가 더 생길 것이다. 하지만, 작품 안에서는 그에 대한 어떠한 설명도 없다. 다만, 그 단서가 될 만한 것이 있다면 '시끄럽지 않은' 곳일 것이란 점과, 시끄럽게 하는 인자因子가 곧 말를이라는 점일 것이다. 다시 그렇다면, 말을 버려서 시끄럽지 않은 세상이란 과연 어떤 세상일까? 이런저런 궁금증을 자아내게 하며 나름대로 상상을 해보게 하는 시詩임에는 틀림없다. 물론, 시를 쓴 사람으로서 니는 그에 대해 설명할 수 있으나 이를 설명함은 독자들의 상상력을 위축시키거나 제한하는 일이 되기에 온당치 않은 일이라 판단되어 여기서는 생략하고자 한다.

이 작품에서 한 가지 짚고 넘어가야 할 일이 있다면, 그것은 모호성模糊性:Ambiguity이란 표현 기교이다. 이중적으로 해석될 수 있는, 다르게 해석해도 문맥상 걸림이나 문제가 전혀 되지 않는 장치가 구축되어 있어야 함은 두말 할 나위가 없다. 이 작품에서는 '상선암·중선암' 등의 용어에서 암이 岩암인지 庵암인지 분명하지 않고, 선이 善선인지 禪선인지 분명하지 않아서 독자들이 저마다 자기 기준과 자기 관심에서 임의로 해석하고 받아들이게 되는 것이다. 그만큼 해석의 다양성이 시의 재미와 깊이를 더해줄 수도 있을 것이다.

그리고 한 가지가 더 있다면, 말을 주저리주저리 늘어놓는다 해서 꼭 좋은 시가 되는 것이 아니라는 점이다. 오히려, 말을 적게 하되 격조 있게 해서 자신의 의중의 핵核을 드러내는 것이 더 효과적일 수 있다. 그런데 오늘날은 시가 소설이 되는 것처럼 그 반대로 치닫고 있는 형국이니 생각이 압축된 선시禪詩들은 어디 가서 발붙일 곳이 없다.

 - 2018. 11. 05.

이 지구상에서 가장 아름다운 것이 있다면
그것은 바로 인간이다.

그러나 가장 추한 것 역시 다름 아닌
인간일 뿐이다.

-이시환의 아포리즘aphorism 73

그해 겨울

하늘에서 내려다보면
한낱 지렁이 꿈틀거리듯
굽이치던 장강長江도 꽁꽁 얼어붙고
산과 들은 백지장처럼 하얀 눈으로
온통 뒤덮여 있다.

그해 겨울,

나도 한 그루 헐벗은 미루나무처럼
그 깊은 겨울에 갇혀서
숨죽인 대지의 심장 뛰는 소리에 귀를 묻고
그 텅 빈 세상에 갇혀서
이글거리는 눈빛을 깃발처럼 내걸어 놓는다.

– 「그해 겨울」 전문

보이지 않는 것을 그려 넣기

이 작품은 나의 시집 『몽산포 밤바다』(2013. 서울)에 실려 있는 것으로, 새삼스레 지난 시집들을 다시 읽어나가는 과정에서 내 눈길이 오래 머물렀던 것이다. 왜, 그랬을까? 특별히 마음에 드는 것도 아니고, 그렇다고 미워할 하등의 이유도 없는, 소소한 작품에 지나지 않는데 말이다.

꼭, 어느 화가가 그리다 말고 화실 한 구석에 방치해 놓은, 낡은 그림 같다고나 할까… 그럼에도 불구하고, 눈길이 왜 오래 머물렀을까? 쓸쓸한 분위가 애처로워서, 아니면 아직 그려지지 않은 부분이 어렴풋이 떠올라서, 아니면 숨을 죽이고 있지만 꽁꽁 얼어붙은 대지에 내걸어 놓은, 이글거린다는 그 눈빛의 본질 때문에, 과연 무엇이 내 시선을 붙잡았을까? 아니, 어쩌면, 무언가 부족한, 다 채워지지 않은 그 무엇 때문일지도 모르겠다.

보다시피, 이 작품은 시제詩題를 빼고서 3개 연에 11행으로 짜여져 있는데 '그해 겨울,'이라는 어구語句가 독립적으로 떨어져 나와 1개 연 구실을 하면서 제1연과 제2연 사이에 걸려 있다. 그러니까, 그해 겨울의 정황을 제1연과 제2연의 내용이 설명해 주고 있다. 물론, 시제를 본문에 붙여 읽으면 자연스럽게 그해 겨울의 정황이 두 차례에 걸쳐서 설명되고 있음을 알 수 있다.

시적 화자가 말하는 '그해 겨울'이 어느 해인지 구체적으로 알 수는 없지만, 그해 겨울에는, 제1연에서 묘사된 것처럼, 장강長江이 꽁꽁 얼어붙었고, 산과 들이 흰 눈으로 뒤덮여 있다. 그리고 제2연에서 묘사된 것처럼, 나도 미루나무처럼 숨죽인 대지의 심장 뛰는 소리에 귀를 묻고, 텅 빈 세상에 이글거리는 눈빛을 깃발처럼 내걸어 놓는다는 것이다. 이 정도만으로도 그해 겨울이 어떤 겨울인지는 짐작이 가고 남는다. 몹시 춥고, 눈이 많이 쌓여 있고, 주변이 고요하다는 정도는 그대로 실감된다. 그런데 이것만이 전부는 아닌 것 같다. 하지만 그것이 아직 그려져 있지 않은 것 같다. 어쩌면, 여백餘白으로 채워져 있는지도 모르겠다. 좀 더 자세히 살펴보자.

제1연에서 묘사된 산천山川은 어떤 산천인가? 강은, 굽이쳐 흐르지만 하늘에서 내려다보면 지렁이 한 마리가 꿈틀거리는 것처럼 보이는 장강長江이다. 그러나 지금은 꽁꽁 얼어붙은 상태다. 그리고 산과 들은, 백짓장처럼 흰 눈으로 뒤덮여 있는 설원雪原의 상태이다. 이처럼 그해 겨울의 외관外觀을 그려내고 있는 제1연은 5개 행으로 짜여 있지만 직유법을 써서 쉽고 빠르게 연상聯想되어 머릿속에서 그림이 그려지도록 표현되었다.

제3연에서 묘사된 나는 또 어떤 나인가? 나는, ①미루나무처럼 겨울에 갇혀 있는 존재이고, ②숨죽인 대지의 심장 뛰는 소리에 귀를 묻고 있고, ③겨울의 텅 빈 세상에 갇혀서 이글거리는 눈빛을 깃발처럼 내걸어 놓는 주체이다. 이처럼 그해 겨울의 내관內觀을 '나'를 통해서 그려내고 있는 제3연 역시 5개 연으로 짜여져 있지만 단순한 직유법과 공감각적인 표현과 모순어법을 동시에 구사驅使하고 있다. 곧, ①숨죽인 대지의 심장 뛰는 소리에 귀를 묻고 ②텅 빈 세상에 갇혀서/이글거리는 눈빛을 깃발처럼 내걸어 놓는다는 표현이 그것인데, 공감각적 표현이란 심장 뛰는 소리 속으로 귀를 묻는다는 청각적 자극을 시각적 자극으로 바꾸어 놓은 점과 이글거리는 눈빛이라는 형태가 없는 것을 깃발이라는 가시적 대상으로 바꾸어 놓은 점 등을 들 수 있다. 그리고 모순어법이란 숨죽인 대지와 그것의 심장 뛰는 소리를 대비시켜 놓음으로써 대지의 겉과 속을 동시에 드러내 놓았다는 점과, 텅 빈 세상 속에 있으면서 그 속에 깃발을 내걸어 놓음으로써 겨울세상의 겉과 속을 동시에 드러내 놓았다는 점이다.

자, 그렇다면, ①심장 뛰는 대지大地 ②심장 뛰는 소리에 귀를 기울이고 있는 미루나무와 나, 그리고 ③이글거리는 눈빛을 깃발처럼 내

걸어놓는 나와 미루나무 등을 상상해 보지 않을 수 없다. 여기에는, 대지도 하나의 커다란 생명체라는 인식이 깔려 있고, 미루나무나 사람[내]이나 할 것 없이 모든 생명체는 그 대지 위에서 겨울을 나기 위해서 나름대로 진지하게 적응해 간다는, 그리하여 겨울과 하나가 되어 있다는 인식이 깔려 있으며, 그 생명이란 뛰는 심장의 뜨거움이자 살아남아서 반응하는 의욕의 눈빛이라는 인식이 깔려있다.

한 마디로 말해서, 혹독하리만큼 추워서 고요해진 겨울세상이지만, 그래서 텅 빈 듯 보이지만 그 겨울을 나는 크고 작은 모든 생명체의 강렬한 에너지를 '이글거리는' 눈빛으로, 그리고 그것을 바람에 펄럭이는 '깃발'로써 가시화시켜서 한 폭의 풍경화를 그리려고 했던 작품이다. 보이지 않는 것을 그려 넣으려니 역시 한계가 있어 보인다.

내 눈길이 오래 머물렀던 것도 따지고 보면, 지금 이 순간, 살아있어서 그것이 무엇이든지 간에 대상을 감지感知하고, 인지認知하며, 그것에 반응反應해 보이는, 다시 말해, 주어진 환경에 적응해 가며 살아가는 나나 동토凍土에 서있는 미루나무나 다를 바 없다는 공감 때문이지 않았나 싶다.

-2018. 11. 08.

온실 안에서 오래 살다보면
온실 밖이 그리워지는 법이다.

-이시환의 아포리즘aphorism 82

강물

　이제야 겨우 보일 것만 같다. 눈을 뜨고도 보지 못한 나의 눈이 정말로 뜨이는 것일까. 그리하여 볼 것을 바로 보고 안개숲 속으로 흘러 들어간, 움푹움푹 패인 우리 주름살의 깊이를 짚어낼 수 있을까. 달아오르는 나의 밑바닥이 보이고, 굳게 입을 다문 사람 사람들의 가슴에서 가슴으로 흐르는 강물의 꼬리가 보이고, 을지로에서 인현동과 충무로를 잇는 골목골목마다 넘실대는 저 뜨거운 몸짓들이 보일까.

　지금도 예고 없이 불쑥불쑥 들이닥치는 안바람 바깥바람에 늘 속수무책으로 으깨어지다 보면 어느새 주눅이 들어 키 작은 몸을 움츠리는 버릇이 굳은살이 되고, 더러는 살아보겠다고 이리저리 몰려다니는 어깨 부러진 활자들의 꿈틀거림이 정말로 보일까. 그런 우리들만의 출렁거리는 하루하루, 그 모서리가 감당할 수 없는 무거운 칼날에 이리저리 잘려 나갈 때 안으로 말아 올리는 한 마디 간절한 기도가 보일까.

　언젠가 굼실굼실 다시 일어나 아우성이 되는 그날의 새벽놀이 겨우내 얼어붙었던 가슴마다 터지는 봇물이 될까. 그저 온몸으로 굽이쳐 흐르는 우리들만의 눈물 없는 뿌리가 보일까.

　　- 「강물」 전문

현실적 상황과
민초들의 삶을 형상화하다

이 작품은, 나의 첫 시집 『안암동 일기』(1992년, 서울)에 실려 있는 작품이다. 물론, 운문韻文이 아닌 산문시散文詩이다. 돌이켜 보면, 나의 보잘 것 없는 그 첫 시집을 읽은 가까운 시인들은 약속이나 한 듯이 내게 편지를 보냈었다. 후에 그 편지들을 버릴 수 없어서 한 권의 책으로 묶어낸 것이 『시인이 시인에게 주는 편지』(1997, 서울)였다. 나는 그 시절 감동을 잊을 수 없지만 유독, 이 작품에 대하여 편지글에서 열렬한 찬사를 보냈던 이유진 시인을 기억한다.

그러나 나는 이 작품을 떠올리고 싶지는 않았다. 왜냐하면, 이 작품 속 현실적 상황을 상기하면 나는 가슴이 답답해지면서 숨이 막히기 때문이다. 그래서 나의 자작시 해설에서도 포함시키지 못했다가, 이제야 겨우 망설이면서 무언가 하고 싶은 말을 정리하고 있는 것이다.

나의 첫 시집은 당시 다른 시인들에게 강렬한 인상을 남겼던 것만
은 틀림없다. 이를 밑 받쳐 주는 증거가 바로 그 편지글들이고, 다른
하나는 일부 시인들에 의해서 산문시 창작의 붐이 일었었다는 사실
이다. 그들은 나의 산문시 흉내를 냈지만 나를 말하지는 않았다. 이
런 현상은 지금도 누군가가 좋은 시를 한 편 발표하면 그에 대한 모
방작들이 수없이 뒤따르는 현상과도 같다. 특히, 지력이 있거나 시를
오래 써온 탓에 시문학의 매력이랄까 그 본질을 아는 사람들은 타인
의 작품에서 힌트를 얻어 더 좋은 작품을 생산하고 그것으로써 이름
을 더욱 빛내는 경향도 없지 않다는 사실을 알고 있다.

여하튼, 나는 첫 시집을 펴내고 이십일 년이 지난 2013년도에 그동
안에 습작한 산문시 모두를 모아 51편으로써 '이시환 산문시집'이라
하여 선집選集에 가까운 『대공大空』을 펴냈었다. 이 시집 말미에 '산문
시散文詩 이해를 위한 시론試論'이라 하여 「산문시의 본질」이란 제하題
下의 짤막한 글을 붙였었다. 산문시를 간혹 볼 수는 있었지만 그에 대
한 구체적인 이론이 없었기에 그 단초를 제공했다는 점에서 지금도
다행이라고 생각한다.

여하튼, 이 작품에서는, 시적 화자의, 한 개의 약한 추측推測과 일곱
개의 약한 의문疑問이 일방적으로 개진되고 있다. 그래서 어떤 단정
斷定이나 주장主張이 없어 보인다. 곧, ①~같다 ②~것일까 ③~있을까
④~보일까 ⑤~것일까 ⑥~보일까 ⑦~될까 ⑧~보일까 등이 그것이

다. 분명, 겉으로 보기에는 단정이나 강력한 주장이 없는 것 같지만 사실, 그 속에는 소리쳐 강조하는 것 이상으로 '무서운', 단정과 주장들이 있다. 면밀히 따져보면, 억압抑壓과 감시監視를 받으며 힘들게 살아가는, 그렇지만 굽힐 줄 모르는 민초民草들의 삶을 도도히 흐르는 '강물'로 빗대었고, 그들의 소리 없는 신음呻吟과 주눅이 마침내 저항과 함성으로 봇물처럼 터짐으로써 절망적인 고난의 역사를 희망의 역사로 바꾸어 놓는, 그들만의 간절한 몸부림과 투쟁을 비유적으로 표현하여 숨기어 놓았다.

그리고 '지금도 예고 없이 불쑥불쑥 들이닥치는 안바람 바깥바람'이란 말로써 외세 영향을 크게 받으며 살아왔던 우리의 나약한 민족사를 드러내었을 뿐 아니라, '움푹움푹 패인 우리 주름살의 깊이'나 '굳게 입을 다문 사람'이나 '을지로에서 인현동과 충무로를 잇는 골목골목마다 넘실대는 뜨거운 몸짓' 등을 통해서 '우리 민초들'의 삶을 대변했으며, 그것을 한 마디로 응축시켜서 '어깨 부러진 활자들의 꿈틀거림'이란 말로써 빗대어 놓았다. 솔직히 말해서, 이 시가 직설적이지 않기 때문에 잘 이해되지 않았거나 다소 난해한 탓인지 대다수 독자들은 간과해버렸지만 당대 사회적 분위기로 보아서는 나도 끌려가 조사를 받았어야 할 정도의 사회비판의식을 담고 있다.

나는 1990년대부터 먹고 살기 위해서 출판 관련 일을 했었기에 인쇄 제본소 등이 몰려 있던 그곳에서 흔하게 보았던, '살려나가는 활자들'을 통해서 언론을 통제하고 책이나 인쇄물을 감시하는 등 깨어있던 민초들에 대한 조사·심문·고문 등을 자행하던 국가권력에 주눅 들어서 살아갈 수밖에 없었던 당대 암울했던 우리 사회와 절망적인 민초들의 삶을 떠올렸고, 그 양자를 연계시켜 놓았다. 이런 비유체계에 희망적인 메시지를 담아 역사의 주체인 민초들의 삶을 응원하고자 습작했던 것이 바로 이 작품인데 크게 공감되지 못했던 것 같다.

그 무렵, 나는 유사한 내용의 시 몇 편을 더 창작했었는데 사실, 그것들에 비하면 이 작품이 덜 되었다는, 다시 말해, 완성도가 떨어진다는 생각이 자꾸 들어서 그때마다 고개를 돌리곤 했었다. 당시에 다른 시인들도 이 작품보다는 「네거티브 필름을 들여다보며」와 「서울 예수」 같은 작품을 더 많이 언급했었다. 그럼에도 불구하고, 굳이 그들을 배제시킨 채 이 작품을 선정하여 해설을 붙임은 이유진 시인의 편지글 찬사도 찬사려니와, 그(편지를 쓴 1997년 4월)로부터 만 이십일 년이 지난 2018년 8월, 우연한 기회에 작품 「달동네」와 함께 이십여 년 전에 받았던 나의 시들에 대한 감동의 잔상이 아직도 생생하다고 한 그분의 카톡 문자 때문임을 고백한다. 시를 창작한 본인도 다 잊고 사는데 이십 년이 넘은 시점에서 다시 옛 이야기를 꺼내는 사람이 있다는 사실 앞에서 나는 숙연해질 수밖에 없었다.

    – 2018. 11. 14.

산다는 것은 부단히 손발을 움직이고,
허리를 휘며, 머리를 쓰는 일이다.

그것들은 결국 자신의 욕구와 욕망을 충족시키기 위한
활동에 지나지 않는다.

-이시환의 아포리즘aphorism 87

달동네

-질경이의 노래

유난히 목이 긴,
우리들의 가난.
산동네 골목길을 돌아 돌아서
숨이 멎는 그곳에
보름달 내려와
문지방을 베고 눕고,
저녁상을 받들어 놓으면
옹기종기 머리를 맞대는
키가 다른 일곱 식구의 침묵.
간장종지를 그냥 스쳐올 때마다
우리들의 땅은 더욱 짜지고,
빈 그릇마다 흥건하게 고이는
잿빛 허기 고갤 쳐들면
자꾸만 아들 입으로 들어가는
어머니의 무디어진 손가락
떠도는 눈발이 되고,
죄인처럼 돌아앉은 아버지
어깨 위로 지친 파도가 눈을 뜬다.
어쩌다 그렇게 눈을 마주치면
왈칵 쏟아지는 눈물을 훔치느라
우리는 속으로, 속으로 흔들리고,
젖은 속 가슴마다
하얀 꽃망울이 터질 때
더욱 깊이깊이 뿌리 내리는
우리들만의
꿈.

- 「달동네」 전문

가난의 상징 '달동네'를 묘사하다

이 작품은 나의 두 번째 시집 『백운대에 올라서서』(1993, 서울)에 실려 있는 작품이다. 1989년도에 일본의 「地球」라는 계간지 발행인 겸 주간인 아끼야 유다카(秋谷 豊) 시인의 초청을 받고 김경린(金璟麟1918~2006) 시인을 모시고 도쿄를 방문한 적이 있었는데, 그 당시 모리타 스스무(森田 進) 교수가 나의 시 작품 세 편을 일역日譯해 주었었는데 이 작품이 그 가운데 한 편이다.

거두절미去頭截尾하고, 이 작품은 문장 구조가 복잡하여 분석이 필요하다. 전체 연 구분이 없이 26개 행으로 짜여져 있는데 처음에는 문장부호조차 사용하지 않았으나 의미 판단을 정확하게 하기 위해서 문장부호를 사용하였다. 이를 전제로 분석해 보자면, ①'유난히 목이 긴 /우리들의 가난.'이라는 어구가 한 개의 문장인데, 여기서 목이 긴 것은 '우리들'이 아니고, '가난'이다. 그렇다면,

227

'가난의 목이 길다'는 것은 가난의 정도가 심하고 가난한 시기가 길다는 뜻이 내포되어 있다. 이런 의미를 전제하고서 '달동네'의 정황을 묘사해 가는데 ②'산동네 골목길을 돌아 돌아서/숨이 멎는 그곳에/보름달 내려와/문지방을 베고 눕고,/저녁상을 받들어 놓으면/옹기종기 머리를 맞대는/키가 다른 일곱 식구의 침묵'이라고 했다. 여기서 제목으로 붙여진 '달동네'가 산에 있다는 의미에서 '산동네'라는 말로 잠시 바뀌어 나타났고, 그 산동네 좁은 골목길을 돌고 돌아서 올라가다보면 숨이 차고, 그 숨이 멎는 곳에, 다시 말해, 숨이 차서 쉬어가야 하는 곳에 보름달이 내려와 문지방을 베고 누웠다는 것과, 그 집안에서 저녁상을 받들어 놓으면 일곱 식구의 키가 다른 침묵이 밥상 앞에서 머리를 맞댄다는 것이다. 한 마디로 말해서, 산에 있어야 할 초목들이 다 없어지고 가난한 사람들이 모여 사는 작은 집들이 다닥다닥 붙어 있는 산동네의 어느 한 집 안의 저녁식사 하는 정황을 제1단계로 묘사하였다. 그런데 우리는 여기에서 간과해서는 안 될 것이 하나 있다. 그것은 곧, 산동네 좁은 골목길을 돌고 돌아서 올라가다보면 숨이 차게 되는 사실 하나와, 이렇다 할 대문도 담장도 없는 초라한 집안에 달빛만이 훤하게 비추고 있다는 또 다른 사실이 직간접으로 묘사되어 있는데 특히 후자의 의인법적 수사修辭는 독자들의 심미의식을 자극할 뿐 아니라 상상의 진폭을 크게 할 것이다.

③'간장종지를 그냥 스쳐올 때마다/우리들의 땅은 더욱 짜지고,/빈 그릇마다 흥건하게 고이는/잿빛 허기 고갤 쳐들면/자꾸만 아들 입으

로 들어가는/어머니의 무디어진 손가락/떠도는 눈발이 되고,/죄인처럼 돌아앉은 아버지/어깨 위로 지친 파도가 눈을 뜬다'라는 이 한 개의 복잡한 문장이 제2단계 묘사인 셈인데, 바로 이 대목이 제대로 표현되어 그 의미나 의도가 잘 전달되는지 창작자로서도 심히 궁금할 따름이다. 일곱 식구들의 숟가락이(생략되었지만) 간장종지를 그냥 스쳐 올 때마다 우리들, 그러니까, 공동운명체나 다름없는 가난한 사람들의 땅이 더욱 짜진다는 것이고, 먹을 것이 부족하여 빈 그릇마다 흥건하게 고이는 잿빛 허기가 고개를 쳐들면, 다시 말해, 배가 고프면 고플수록 어머니의 무디어진 손가락이 떠도는 눈발이 되고, 가난하다는 이유에서 죄인이 된 아버지 어깨 위로는 지친 파도가 눈을 뜬다는 것이다. 사실, 이 정도의 설명으로도 이 문장의 함의含意를 이해하기에는 턱없이 부족하다. 여기서 '잿빛 허기', '떠도는 눈발이 되는 어머니의 무디어진 손가락', '죄인처럼 돌아앉은 아버지 어깨 위에서 눈을 뜨는 지친 파도' 등을 설명하기로 하자면 밑도 끝도 없다. 따라서 나는 여기서 설명을 그치지만 여러분들은 상상의 나래를 펴보기 바란다.

④'어쩌다 그렇게 눈을 마주치면/왈칵 쏟아지는 눈물을 훔치느라/우리는 속으로, 속으로 흔들리고,/젖은 속 가슴마다/하얀 꽃망울이 터질 때/더욱 깊이깊이 뿌리 내리는/우리들만의/꿈'이라는 이 불완전한 어구가 한 개의 문장이다. 달동네 어느 가난한 집안의 저녁 밥상머리에 둘러앉은 일곱 식구가 밥을 먹는 정황을 이어서 묘시했는

229

데, 이제는 그 식구들의 내면에서 일렁이는 감정의 격랑을 짓누르면서 입술을 깨물듯 의지를 다지는 정황으로 승화시켜서 마무리를 짓고 있다. 하지만 여기에서 '하얀 꽃망울'이 지시하는 원관념이 무엇인지 정확하게 판별하기란 쉽지 않을 줄로 안다. 이 문장을 지은 나 자신도 지금에 와서 구체적으로 설명하기가 쉽지 않다. 그러나 책임감을 갖고 덧붙이자면, 이렇게 말할 수는 있을 것 같다. 곧, ①가난의 밥상을 앞에 놓고 식구들끼리 눈을 마주치면 눈물이 글썽이고, ②흐르는 눈물을 서로 보이지 않으려고 하다보면 가슴으로부터 흔들리는, 다시 말해 감정이 일렁이는 자신을 의식하게 되고, ③보이지는 않지만 속으로 젖은 가슴에서 하얀 꽃망울이 터진다 했으니, 이는 분명, 가난과 그로 인해 생기는 온갖 감정이 식구들 간에 공유되면서 동시에 하고 싶은 말은 생략되고 일렁이는 감정이 제어되는 과정에서 자연스럽게 생기는 현실적 상황 극복의 필요성을 재확인하거나 그런 의지 내지는 의욕의 발현일 것이다. 이 의지와 의욕이 바로 '우리들만의 꿈'이라는 말로 귀결되었지만 결국, 가난으로부터 벗어나고자 하는 삶의 전의戰意라고 본다.

요즈음에는 그 달동네의 판잣집들이 거의 다 철거되고, 그 자리에 고층 아파트들이 들어서 있지만 산 모양 그대로 작은 집들이 다닥다닥 덮이어 있던, 지구촌 어디에서도 보기 드물었던 서울의 달동네 모습은 이제 옛 사진이나 그림으로밖에 볼 수 없게 되었다.

이 작품과 관련하여 한 가지 재미있는 사실은, 가난의 상징처럼 읽혔던 우리의 '달동네'를 일어日語로 번역하면 대개는 '寒村한촌'이라 하고, 영어로 번역하면 역자마다 다른데 mountain town마운틴 타운이나 slum-street슬럼가나 Shantytown섄티타운 정도가 되고, 직역하면 moon village문빌리지가 되는데 이들은 한사코 우리의 달동네의 의미나 분위기나 그 모습을 담아내지는 못한다. 그래서 우리 시의 외국어 번역이라는 작업은 대단히 어려운데, 나의 이 작품을 일역해 준 일본의 모리다 스스무 교수는 '寒村한촌'이라 했고, 영역해 준 캐나다 맥길대학 연박(유병찬의 아호) 교수는 도시의 빈민굴이라는 뜻의 Shantytown으로 했으되 주석을 달았다. 그 주석 내용인 즉 이러하다. "The orignal title of this poem literally translates to moon village. It is a term used for a shantytown, usually, on a poorly serviced hill where people live in poverty. The term alludes to the way of life of the people in the shantytown who work long hours starting and ending their days with the moon in order to eke out a meager existence."

이 주석이 있음으로써 우리의 달동네에 대한 의미와 정황적 분위기, 그리고 그곳에서 살아가는 사람들의 일상이 어느 정도는 전달되지만 그 외형적 모습이나 상태 등에 대해서는 상상하기 힘들 것이다.

– 2018. 11. 15.

모래시계를 들여다보며

주인 몰래 몸속으로 들어와 내 생명의 빵을 야금야금 갉아먹는 생쥐 같은 놈을 드디어 찾았는데 문제는 그 녀석을 붙잡을 수가 없다는 사실이다.

하도 약삭빠르고 작아놔서 살금살금 다가가 몽둥이로 내려칠라치면 쌓아놓은, 우리들의 양식 쌀가마니 틈새로 잽싸게 들어가 숨어버리기 때문이다.

내 이 놈을 산 채로 잡으려고 그가 다니는 길목마다 이런저런 덫을 놓아도 요리조리 잘도 피해 다니니 내 몸 안에서 내 생명을 갉아먹는 소리가 들려도 신경을 곤두세울 뿐 뾰족한 수가 없다.

지금 이 순간도 내 위장의 벽을 야금야금 갉아먹고 있는, 이놈의 생쥐 같은 시간時間과 한바탕 숨바꼭질을 하고나면 그놈의 배설물이 한 움큼씩 내 몸 안에 쌓여간다.

- 2018. 11. 18.

추상적인 관념을
구체화시켜 형상화하기

이 작품은 산문시이다. 전체 4개의 문장으로 짜여졌는데 각 문장 사이마다 행간을 두어, 다시 말해 연 구분을 해놓음으로써 쉬엄쉬엄 읽도록 했다. 그만큼 읽는 속도를 늦추어 방금 읽은 문장의 의미를 생각해 보라는 의도가 깔려있다.

시제인 「모래시계를 들여다보며」에서 모래시계는, 이 작품을 습작하게 한 모티브였다. 우리는 통상 대중목욕탕 안에 설치되어 있는 사우나 방에서 모래시계를 보게 되는데 모래시계 안에 들어 있는 모래들이 위쪽에서 아래쪽으로 다 떨어지는데 걸리는 시간이 시계마다 다르지만 그 시간을 단위로 사우나 방에 머무는 시간을 대략이나마 가늠하고, 사우나 방에 머무는 그 횟수를 헤아린다.

나도 그 8자형 모래용기 안에서 곱게 색깔이 입혀진 고운 모래 알들이 위 칸에서 아래 칸으로 떨어지는 모습을 지켜보면서 한정된, 혹은 주어진 시간이 점점 사라지는 것을 보았고, 그 사라진 모래들이 다시 쌓이는 것을 보았다. 그런데 어느 날 갑자기 그 모래 알들이 내게 주어진 운명적인 시간이면서 동시에 내 생명이나 다를 바 없다는 생각이 들었다.

그 뒤로, 나는 시간이 흐르면서 내 몸이 변하는 것을 의식하기 시작했다. 내 몸 안의 모든 장기臟器와 기관들이 주어진 시간[壽命(수명)] 속에서 기능을 작동시키지만 그 기능이 점차 위축되고 떨어지고 결국엔 멈추게 된다는 사실을 통시적으로 관조해 왔다. 소위, 노화老化를 화두 삼아 생각했다는 뜻이다.

그렇다면, 시간時間이란 무엇인가? 시간은 손으로 붙잡아 그 흐름을 멈추게 할 수 없지만 그 시간에 매여 모든 생명체가 살아가는 것이 아닌가. '나'라는 존재와 '시간'이란 존재와의 관계는 과연 무엇인가? 한때, '시간은 돈이다'라는 말이 유행하다가 '시간은 생명이다'라는 말로 바뀌어 유행하기도 했었는데 시간이 생명을 구속할 뿐 아니라 모든 존재하는 것들을 구속하고 있다.

나는 그 시간이란 무색·무취·무형의 대상을 '생쥐'로 빗대었고, 나와 생쥐와의 사이에 있었던 경험적 사실을 끌어들여서 생명과 시간과의 관계를 이해하기 쉽게 드러내려고 노력했다. 곧, 아주 작은 생쥐가 무언가를 갉아먹으면서 내는 소리를 들으면서 신경이 쓰여도 어쩔 수 없이 같은 방에서 잠을 자야했던 어릴 적 경험을 이순耳順의 나이를 넘긴 내가, 시간이란 녀석이 내 몸 속 구석 구석을 갉아먹고, 그 배설물을 쌓아 놓는 것을 지켜보면서도 그냥 살아갈 수밖에 없는 현실성을 표현한다고 한 것이다. 여기서 '현실성'이란, 내가 어떻게 할 수도 없는, 이미 주어진 운명과도 같은 것으로 자동차 부품마다 정해진 수명이랄까, 인체의 각 기관별 기능의 한계랄까, 바로 그런 것이다.

이 작품에서, "주인 몰래 몸속으로 들어와 내 생명의 빵을 야금 야금 갉아먹는" 행위의 주체가 '생쥐 같은 놈'으로 시작해서 '생쥐 같은 시간'으로 바뀌어 있다. 그리고 그가 갉아먹는 대상이 '생명의 빵'에서 '생명'과 '위장의 벽'으로 바뀌어 나타났다. 이런 일련의 변화, 곧 말 바꾸기가 궁극적으로 드러내고자 했던 바에 대한 실감實感 고조로 체감體感되기를 기대했는데 얼마나 소기의 성과를 거두었는지는 모르겠다. 독자의 눈과 그릇이라고 하는 제3의 요소가 작용하기 때문이다.

그리고 '생쥐 같은 시간時間과 한바탕 숨바꼭질을 한다'는 행위와, '시간의 배설물이 한 움큼씩 내 몸 안에 쌓여간다'는 표현의 진의眞意에 대해서 한 번쯤 생각해 볼 필요는 있다고 본다. 이처럼, 어떤 의미를 숨기고 있으면서 다의적으로 해석이 가능한 표현이 있기 때문에 단순한 산문散文에서 벗어나 비로소 시적 표현이 되는 것이지만 그 숨겨진 의미를 생각해 가는 것이 곧 시에 대한 감상이라고 할 수 있는 것이다.

– 2018. 11. 20.

시에 관한,

나의 옹졸한 생각 1, 2, 3, 4

지나친 기쁨은 오만을 부르고, 오만은 타락을 부르고, 타락은 파멸을 부른다.

-이시환의 아포리즘aphorism 103

①당신이 시인이 아닌데 어찌 당신에게서 시가 나오기를 기대하겠는가? 시를 쓴다고 하는 사람은 많으나 시가 없는 이유이다.

②그럼, 시인이 처음부터 정해져 있기라도 한단 말인가? 정해져 있는 것은 아니나 시인이라면 마땅히 전제되어 있어야 할, 아니, 갖추어야 할 기본적인 덕목이란 게 있는데 그것이 부족하다는 뜻이다.

③그렇다면, 시인에게 전제되어 있어야 할 그 덕목이란 것은 무엇인가? 그것은 타고난 심성이 착하고 어질어야 한다는 점이고, 동시에 자기 자신에게 솔직해야 하며, 대상을 꿰뚫어보는 통찰력이 있으면서 그것의 존재 의미나 아름다움을 꿰뚫어 볼 줄 알아야 한다.

④만약, 이런 요건들이 갖추어져 있지 않다면 아무리 노력하여 시작법을 배워도 좋은 시가 나오기는 힘들 것이다. 이는 시가 후천적인 노력과 무관한 것은 아니나 노력해서 얻어지는 것이라기보다는 타고나는 면이 더 크다는 뜻이다.

⑤그렇다면, 이들이 어째서, 시인이 갖추어야 할 덕목이 되는가? 한 편의 시가 독자에게 주는 감동원이 주로, 시인이 무슨 얘기를 하든지 간에, 다시 말해, 시의 내용이 무엇이든지 간에 그것의 진실함과 선함과 아름다움에서 나오기 때문이다.

⑥우리가 시작법을 배운다는 것은, 자신의 느낌·감정·생각·의식 등을 적절히 혹은 효과적으로 표현해 내는 문장 표현력 곧 수사적 기교인데 이것만으로는 결코 시가 완성되지 않는다.

⑦수사적 기교는 시인의 감각기관으로 접수되는 자극 곧 대상을 감지하는 능력 ― 나는 이것을 비평용어로 '감각적 인지능력'란 말로 써왔다 ― 이 탁월해야 하는데, 다시 말해, 시인의 감각기관과 뇌의 유기적 기능이 뛰어나야 하는데 그것은 개인차도 있지만 나이를 먹으면서 퇴화한다는 사실이다. 그래서 퇴화되지 않도록 항시 새롭게 익혀야 하는 영역으로 부단한 노력이 요구되는 것이고, 좋은 시가 대체로 젊어서 나오는 것과 무관하지 않다.

⑧시의 내용이 무엇보다 중요한 감동원이 되는데 오늘날 시인들은 이를 가볍게 여기는 경향이 없지 않아 보인다. 시인 자신에게는 대단히 중요하고 심각한 문제이지만, 그래서 시로 썼지만 그것이 다른 사람에게는 관심거리도 되지 못하는 경우가 많음을 유념할 필요가 있다. 작품의 제재를 신중하게 선택하되 '나'의 이야기를 통해서 '우리'의 이야기가 되게 써야 하는데 그렇지 못하다는 뜻이다. 나는 이것을 비평용어로 '주관적 정서의 객관화'라는 말로 줄곧 써왔다. 시의 내용이, 시인의 정서가 객관화되지 못한 채 시인 자기만의 얘기와 감정을 일방적으로 드러내는 꼴이 되어서는 곤란한 일이다.

⑨그래서 작품의 제재 선택과 이야기를 이끌어가는 힘이 중요한데 이는 대상을 바라보는 시인의 통찰력과 그 감각적 인지능력에 의해서 결정된다. 문제는 이 통찰력도 시인의 평소 관심, 사는 동안의 경험축적과 그 내용, 지식의 정도, 그것의 활용인 지혜 등 여러 가지 요소들에 의해서 결정된다.

⑩결과적으로 좋은 시를 쓰려면 먼저 하루하루를 열심히 살아야 한다. 선先 충실한 삶, 후後 감흥에 따른 솔직한 표현(문장 짓기)인 것이다. 그런데 대다수는 시를 쓰기 위해서 경쟁적으로 쓰기 때문에 잔꾀만 부리게 되는 것이고, 조작된 거짓 정서가 채워지는 것이다. 바로 이 점이 나로 하여금 시를 읽지 못하게 한다. 이런

나의 의중을 한 편의 시조時調로써 읊조리면 이래와 같다.

시와 삶

열심히 살아가매 저절로 솟구치고
성실히 살아가매 저절로 깨달아지는
마음의 무늬와 빛깔 그놈만이 진짜 시

문장을 짓는 일이 중한 게 아니오라
한 편의 시처럼 사는 게 더 중요해
문장은 많고 많으나 시가 없는 이유라

-2018. 07. 21.

①

돈을 벌기 위해서 사는 것과
잘 살기 위해서 돈을 버는 것은 다르다.

마찬가지로, 시를 쓰기 위해서 사는 것과
잘 살기 위해서 시를 쓰는 것은 엄연히 다르다.

시를 쓰고 있는 당신은
어디에 속하십니까?

전자입니까? 후자입니까?
아니면 경계에 머물며 양쪽을 넘나듭니까?

②
시를 쓰기 위해서 사는 사람은
책상 앞에 앉아있는 시간이 길 것이고,

잘 살기 위해서 시를 쓰는 사람은
그 시간이 상대적으로 짧은 대신에

하루하루 사는 일
곧 소소한 일상에 매달리는 시간이 길 것이다.

그만큼 자기 삶에 열중하며
정성을 쏟을 것이고,

그런 자기 삶 속에서
뉘우치거나 깨달아지거나 깊이 각인되었던 것들 가운데 일부를 가지고
자신의 정서적 반응과 함께 자연스럽게 노래하듯 읊조릴 것이다.

③
책상 앞에 길게 앉아 있는 사람은
그 시간에 시를 생각할 것이고,

다종다양한 남들의 시를 읽으며
사유를 거듭할 것이다.

그 사유하는 과정 속에서
상상력의 진폭과 사유영역을 확장·심화시켜 가며

시작詩作의 방법들을 터득해 갈 것이고
더러 자기 나름의 방식도 창안해 낼 것이다.

그래서 시작법 상의 기교가
상대적으로 뛰어나게 마련이다.

하지만 그의 삶에서 우러나오는
자기 사연과 자기감정을 솔직하게 담아내기보다는

그와는 거리가 있는,
사회적인 문제에 관심을 돌리거나
'관념적인 사유세계'를 담게 되는 경향으로 나아간다.

바로 이점 때문에
현대시가 디욱 닌해해지기도 한다고 나는 생각한다.

④

여기서 말하는 '사유세계'란,

개인별 정도 차이가 있지만, 감각기관과 뇌 기능에서 나오는

느낌, 생각(망상·상상·논리적 사고 등을 포함함), 살아가면서 형성된

어떤 고정관념固定觀念이나 편견偏見, 의식意識, 사상思想, 가치관價
値觀 등

일체에 의해서 내려지는 인식認識과 판단判斷으로써 구축되는
의미망을 말한다.

그리고 그것이 '관념적이다'라는 말은,

일상적인 삶과는 무관하다고 말할 수는 없지만 직접적이지 않
아 다소 거리가 있는,

그러니까, 현실적인 자신의 삶에서 직접 경험한 내용과 관련된
구체적인 사유세계가 아니라

사유로써 존재하는 추상적인 사유세계를 말한다.

⑤

시가 난해해지는 이유는 여러 각도에서 설명될 수 있겠으나

나는 이렇게 종합적으로 정리하여 말하고 싶다.

그 첫째는, 귀로 듣는 노래에 가까운 시가 책속의 문장으로 보
면서 사유를 요구하는 시로 바뀌었다는 점이다. 한 마디로 말해,

'듣는 시'에서 '읽는 혹은 보는 시'로 바뀌었고, 의미 판단이 바로 되는 시에서 한참을 생각해야 하는 시로 바뀌었다는 뜻이다. 물론, 이점은 인쇄술의 발달이 크게 영향을 미쳤다.

그 둘째는, 시를 개인이 창작해도 그 속에 담기는 내용은 최소한의 객관성을 띠려고 노력했었는데 극히 사적인 느낌·생각·의식 등의 정서적 반응 중심으로 주관성을 강하게 띠기 시작하면서 시속에 담기는 내용이 복잡다단해졌기 때문이다. 물론, 여기에는 공동체의식이 약화되면서 커진 개인주의적인 경향이 영향을 미쳤다고 보아진다.

그 셋째는, 시를 쓰기 위해서 쓰는 이들의 작위성作爲性이 기존의 시의 형식과 질서를 파괴하거나 변형시키기 때문이다. 물론, 여기에는 시론이나 문예사조 등을 공부하면서 자행되는 각종 실험적인 시도들이 난무하고 또한 그것들을 흉내 내려는 사대주의도 크게 작용했다고 보아진다. 한 마디로 말해, 시를 지식으로써 혹은 어떤 수단으로써 쓰기 때문이다. 특히, 대학에서 문학을 이론으로 가르치는 사람들에 의해서 더욱 부추겨진 면이 없지 않다.

그 넷째는, 시를 통해서 독자들이 얻고자하는 바 그 의미나 요구사힝이 달라지기 때문이다. 사림들은 매일 믹는 음식으로 만족하지 못하고 새로운 음식을 먹고 싶어하는 욕구를 갖듯이 한 편의 시에서도 기존의 것들과는 다른 것을 원하고 찾기 때문에 시인 입장에서는 끊임없는 변화를 꾀할 수밖에 없는 현실적인 이유도 한 몫 한다는 뜻이다. 이 말을 뒤집으면, 시인이 독자들의 관심과 요구사항과 욕구 등을 반영하기 위해서 눈치를 보는 경향이 있다는 뜻이기도 하다.

그 다섯째는, 시 문장상의 오류와 부자연스런 표현이 많아졌기 때문이다. 이는 '시인의 대중화'가 낳은 폐단으로 보이며, 한 마디로 말해서, 문장력 미숙과 수사학적 표현력 부족이 크게 작용한다는 뜻이다.

①

시는, 이미 본문 속에서 언급했지만, 인간이 필요해서 만들어 낸 일종의 '그릇'이다. 그 그릇은 주로 느낌·생각·의식意識·사상思 想 등이 기분이나 감정과 섞이어서 생성되는 시인 개인의 주관적 인 정서적 반응을 담아내는 도구이다. 그런데 그 도구는 흙이나 유리나 금속 등으로 만든 게 아니라 말이나 문장으로써 만들어지 는 것이다. 여기서 느낌이란 인간의 감각적 인지능력이며, 생각 이란 느낌을 전제로 덧 씌워지는 뇌의 사유능력으로서 판단이며, 대상 간의 관계 지움이나 유추나 상상 등을 포함한다. 그리고 의 식이란 생각이 어떤 빛깔이나 양태로 굳어져서 형성된 생각의 덩 어리이며, 사상이란 의식에 어떤 질서와 체계를 갖춘 더 큰 덩어 리이다. 이 네 가지 요소 가운데 느낌과 생각이 많이 담기면 묘사 描寫나 표현表現 쪽으로 문상이 기울어지고, 의식이나 사상이 많이

담기면 묘사·표현이 아니라 기술記述 쪽으로 기울어지는 경향이
있다.

②

직업적인 시인들은, 다시 말해, 시를 쓰기 위해서 쓰는 시인들
은 자신의 삶이나 경험과는 거리가 있어도 언제나 새로운 것을
추구하게 되면서 작위적인 요소들까지 끌어들여 자칫 말장난을
즐기려는 듯한 경향으로까지 번져나간다. 그래서 그 결과는 독자
에게 낯설고 새롭고 어떤 고정관념이나 편견들을 깨뜨려주며 사
유영역을 넓히고 심화시켜 주는 효과를 안겨 주기도 한다. 그리
고 그런 시문장 안으로 갇히는 세계는 대체로 비현실적이기 때문
에 상상으로써 공감·공유되는 '유희와 같은 즐거움'을 안겨 준다.
문제는 그런 즐거움은 한 번으로 족하다는 사실이다. 뒤집어 말
해, 두 번 세 번 같은 시를 읽고 싶지는 않다는 뜻이기도 하다. 이
것은 자신의 경험에서 우러나오는 현실적인 얘기들이 아니고 상
상을 포함한 사유의 문장으로써 구축되는 관념적인 세계이기 때
문인데 새롭다, 신선하다, 놀랍다 등의 정서적 공감은 있을 수 있
으나 진지하다, 솔직하다, 감동적이다 등의 공감의 파장은 상대
적으로 작다.

이와 반대로, 자신의 삶이나 경험에 초점을 맞추어 생각하고
반추하고 반성하며 의미를 부여하는 사람들은 시를 써도 자신의

일상 속에서 우러나오는 얘기를 가지고 쓰는 경향이 있기 때문에 자기 삶, 자기 경험을 노래하고, 그것들은 결국 자기 자신을 노래하는 것이 된다. 그래서 진솔한 맛은 있지만 특별하다거나 새로운 감동을 주기는 쉽지가 않다. 그리고 상대적으로 시작詩作의 기교技巧에는 밝지 못하지만 자신의 삶속에서 심각하게 생각하고 흥에 넘치는 부분을 가지고 자신을 노래하기 때문에 더디고, 그 내용이나 기교 등이 상대적으로 약하다. 그렇지만 진솔하다. 그만큼 시와 삶이, 언행일치가 이루어질 가능성이 높다. 그래서 그들의 시는 유희성보다는 진지함 쪽에 무게가 더 실린다.

하지만 대다수의 독자들은 그것을 분별하거나 그런 일에 관심이 별로 없다. 오로지 시 문장 안으로 갇힌 세계 곧 의미에만 관심을 갖는다. 그렇기 때문에 시인들은 늘 새롭고 기발한 표현을 하려고 애를 쓴다. 사실, 그럴수록 시인의 삶과 시 문장 속의 세계와는 멀어진다. 그럼에도 불구하고 시인들은 좋은 의미의 말을 하려고 애쓰고, 새롭고도 기발한 표현을 하려고 기를 쓴다. 그래서 모방이 판을 치고, 좋은 의미의 문장들은 많은데 그들 삶에는 변화가 없는 것이다. 한 마디로 말해서, 시인이 시를 짓되 자신의 삶을 위해서가 아니라 남들에게 보여주고 자랑하고 인정받으려고 쓰기 때문이다.

그래서일까, 기교에 능한 사람은 산머리를 잘 굴리고 인품이

썩 좋지 못한 경향이 없지 않지만 기교에 능하지 못한 사람은 우
둔해 보인다. 그러나 그들에게는 진지함이 있고 진솔함이 있다.
내가 시를 쓰면서 만난 수많은 시인들을 통해서 깨달은 사실 가
운데 하나이다.

③

시는 내 일기장 속에서 나오지만, 다시 말해, 내 일상 속 경험에
서 우러나오는 것이지만 사실事實 그 자체는 아니다. 나의 꿈이 녹
아들고, 내가 생각하는 세계가 갖가지 감정과 함께 반영되어 나
타나는, 일종의 주관적인 이데아로서 구축되는 또 하나의 현실세
계이다. 독자는 바로 그것을 읽고자 할 것이다. 그래서 시를 짓는
사람 곧 시인詩人이지 시를 생산하는 집 곧 공장工場=家이 아니다.
그래서 시를 오래 오래 쓰면 사람이 바뀌는 것이다.

④

시 몇 편으로는 온전히 담길 수 없고 읽어낼 수도 없지만 평생
그 사람이 써온 시 작품들을 읽으면 인간과 자연과 문명사회를
바라보는 시인만의 눈이 그려내는, 어떤 질서 위에서 체계를 갖
추어 나타나는 통일된 생각 곧 사상思想이 도도하게 흐르는 강물
처럼 보여야 한다. 그것이 없다면 시인으로 보기에는 무리가 있
다.

나의 시 작품을 다시 읽으면서 서른다섯 편에 대하여 해설解說을 가능한 한 객관적으로 쓴다고 썼는데 나는 그 과정에서 몇 가지 중요한 비평적 용어들을 즐겨 사용하였다. 예컨대, ①운문韻文과 ②산문散文이라는 단어를 구분해 썼고, ③표현表現 ④묘사描寫 ⑤기술記述 등의 단어도 구분하여 사용했다. 그리고 ⑥느낌 ⑦생각 ⑧의식意識 ⑨사상思想이라는 단어의 의미를 분명하게 구분 지었고, ⑩정서적 반응과 ⑪감각적 인지認知 ⑫주관적 정서의 객관화라는 일련의 비평용어들을 만들어 썼다. 그리고 ⑬형상화形象化라는 단어와 ⑭시작詩作의 유희적 기능과 배설적 기능이라는 단어도 사용하였다. 뿐만 아니라, 수사학修辭學적 용어들을 상당수 썼다.

이러한 일련의 용어들 중에서도 '형상화形象化'라는 것에 대해서

만큼은 한 번쯤 짚고 넘어갈 필요가 있다고 생각한다. 왜냐하면, 문학평론가들이 작품론에서 중요하게 쓰는 비평용어들 가운데 하나이고, 특히 시인에게는 시작법상 중요한 한 가지 기술적 요소이기 때문이다.

그렇다면, 형상화란 무엇인가? 가장 간단히 말하면, '형태와 색깔로써 대상 그려내기'이다. 그런데 시작詩作에서는 형태와 색깔 대신에 말 곧 언어言語가 그 수단이 되며, 대상이 특정 개념概念에서 마음 속 생각인 의중意中까지를 포괄한다.

문제는, 형태와 색깔이 있는 대상 예컨대, 사과·빌딩·바다·산·구름 등은 형상화하기가 어렵지 않지만 그것이 없는 대상 예컨대, 시간·종소리·침묵·사랑 등은 형상화하기가 쉽지 않다. 그저 말장난을 즐긴다면 몰라도, 자신의 진실한 감각적 인지능력에 기초하여 형상화하기란 쉽지가 않다. 그래서 좋은 표현이 하나 나오면 너도나도 앞 다투어 엇비슷하게 흉내를 내는 것이다. (이것이 본인의 창의적인 것인지 다른 사람의 것을 모방한 것인지는 앞뒤 문맥상에서 판단되는데 분별하기란 그리 쉽지 않다.)

더 큰 문제는, 대상이 위에서 열거한 것들처럼 낱낱의 관념觀念이 아니고 어떤 상황이나 의중일 때에는 그 방법이 더욱 복잡해진다는 사실이다. 시에서 그것(상황이나 의중)에 대해서 일일이 설명·

기술할 수 없기에 – 기술한다면 그 결과는 이미 시가 될 수도 없지만 – 무언가 특단의 방법을 강구해야만 한다.

그렇다면, 그 특단의 방법이란 것은 또 무엇인가? 그것은 크고 복잡한 것을 간단하고 작게 줄이어 축소해야 하고, 그 작은 것으로써 큰 것을, 그 단순한 것으로써 복잡한 것을 간접적으로 혹은 우회적으로 설명해야 한다. 그러기 위해서는 갖가지 수사修辭가 활용되어야 하며, 그 결과인 문장으로써 구축되는 의미망이 그 현실적인 상황이나 의중을 적극적으로 암시暗示하거나 상징하거나 환기喚起시켜 주어서 원래 드러내고자 했던 바 현실세계 속으로 적극적으로 끌어들일 수 있어야 한다.

여기서 현실적 상황이나 의중은 시인으로 하여금 작품을 쓰게 한 모티브이자 작품의 중심소재가 되는 객관적인 것이라 한다면, 작품 속 문장으로써 구축되는 제2의 함축된 상황이나 의중은 다분히 주관적인 진실로서 새롭게 만들어지는 세계로서의 영역이다.

그 만들어지는 세계에서 차용借用되는 소재들은 다분히 현실세계에 있는 재료들이겠지만 그 재료들을 가지고 시인 나름의 방법으로써 새 집을 짓는 것이나 다름없다.

그렇다면, 그 나름의 방법이 무엇이냐가 중요한데 시인의 창의
성이 크게 반영되는 부분은 현실 속 상황과 작품 속 그것과의 연
관성의 유무有無와 정도程度이고, 작품 속 상황을 구축하는데 동원
되는 수사적 표현 기교의 자연스러움과 그 효과라 할 수 있다.

이해하기 쉽게, 이 책속에서 거론된 작품들을 가지고 말한다면,
작품 「하산기下山記」에서 '법당의 종소리가 차곡차곡 쌓이고'에서
종소리는 형태가 없기에 쌓이는 것이 아니지만 예민한 감각적 인
지능력에 의해서 쌓이는 질감이 감지되었기에 그것에 형태감이
부여되는 것이다.

그리고 작품 「인디아 서시序詩」에서 '인도'라는 나라를 아름다운
'여인'으로 빗대어서 그 여인에 대한 그리움·짝사랑·입맞춤·애무
등 일련의 몸살을 치르는 것으로 얘기가 전개되었지만 사실 그것
은 인도라는 나라의 역사·자연·문화·문명 등에 대한 호기심과 탐
구노력과 이해과정을 말한 것이다.

그리고 작품 「몽산포 밤바다」에서 어둠·파도·소나무·초승달
등 객관적인 소재들을 가지고 서로 긴밀한 상관관계가 없거나 있
어도 없어 보이지만 있는 것처럼 관계를 지워줌으로써 구축되는,
현실과는 다른 또 하나의 세계를 만들어 보여주는 것도 형상화의
일종이라 할 수 있다.

결과적으로, 형상화란 것은, 표현자의 예민한 감각적 인지능력과 깊은 사유능력에 의해서 빚어지는 것으로, 불가시적인 대상을 가시적인 형태로 묘사하여 보여주고, 매우 크고 복잡한 것을 작고 단순하게 그려 보이거나 대상對象들 간의 관계에 대한 통찰洞察 결과를 그려내는 언어의 그림인 셈이다. 막연히 듣고 생각하는 것보다 눈으로 보고 생각하는 것이 더 빠르고 쉽기 때문이고, 또한 보통 사람들이 보지 못하는 것을 볼 수 있게 할 뿐더러 희미한 관계를 부각시켜 보여 주는 것이 의미 전달에 효과가 크기 때문이다.

　그래서 문학평론가들은 작품을 평가할 때에 형상화가 '되었다 안 되었다'를 말하고, '잘 되었다 잘못 되었다'라는 말들을 하게 되는 것이다.

-2018. 11. 29.

자작시 35편에 대한 해설

格

초 판 인 쇄 2018년 12월 20일
초 판 발 행 2018년 12월 25일

지 은 이 이시환
펴 낸 이 이혜숙
펴 낸 곳 신세림출판사
등 록 일 1991년 12월 24일 제2-1298호

04559 서울특별시 중구 창경궁로 6, 702호(충무로5가, 부성빌딩)
전   화 02-2264-1972
팩   스 02-2264-1973
E-mail shinselim72@hanmail.net

정가 15,000원

ISBN 978-89-5800-206-2, 03810